八〇年代の郷愁

R大学物語
バブルの華盛りし御時

栗山幸雄

鳥影社

目次

八〇年代の郷愁

R大学物語

バブルの華盛りし御時《おんとき》

R大学物語、その一

ゆく川の流れ

今は、もう、年に何度かの事になってしまったが、とにかく昔は毎日言いたい放題だった。

この頃でも、高校時代の悪友と言い合ったりすると、唾は飛ばさないが、飛んでたりして、押し合い圧《へ》し合い、押しくら饅頭《まんじゅう》押されて泣くな、我の押し付け合いになる。互いに空威張りの応酬になり、負けず嫌いの偏屈、とんま、ろくでなしになってしまうから、シャイの照れ隠しさえままならない。

もう、ここらで、潮時かと緩んだりすると、付け込まれる。それで今度は相手が折れるまで絶対に引かない積もりでいると、延々小田原まで行ってやり取りをしている事になる。そのうち、片方がとちったりすると、もう一方はここぞとばかり、わざわざ嘲《あざ》笑った体までなして、いなしに入る。そうまでされたら、意地になって向きになる。自分もおかしくたって笑わないでいて、きっかけが欲しくて、上体をゆさゆさせたりして、吹き出すのを我慢してるだけだが、揚がった足をとったり引っ張ったりしているうちに、今度はギャグの打ち合いになる。ギャグを放つからには、一本にしたいが、同じ一本でも燕返しに限る。これは胸がすく。我々の勝負では、燕返しこそが認められるもので、それ以外は勝ったことにならない、まだまだ。たまに技有りにもならないもんで浮かれてたりすると皆が総攻撃を食わせる。あるいはなめてかかり、相手にしないで、いい子いい子と、よくやったと、顔も口もケラケラさせて、潰しに入る。これでは勝負あったことになる。足を絡めて固定させておいて、上体の力で強引に力技で取るような一本などでは皆の面《おもて》に訝《いぶか》しさがあぶって出て来るが、口が煙突になって煙が出て来そうでやる方ない。この場合、荒技ならば可と暗黙の了解になっているような気がした。こんな輩《やから》では、燕返しでも素直に認めないかとお案じになられるかと察するが、それこそ照れ隠しのアプローズ（賞賛）なのである、ブラボー。

僕はひとの後ろ姿を見るのが好きだった。

小さい頃から、学校の教室ではいつも一番後ろの席に座っていて、公平にくじやジャンケンで班分けや席替えはちゃんとやったもんだが、それでもどういう訳か、いつもみんなの背中を眺めていた。そうすると、落ち着いて、教室中無意識のうちに細々《こまごま》と嘗《な》め回して、目ばっかりきょろきょろすると、ぼんやり先生の声がぼそぼそ絶え間なく耳から入り込んで来て、あたかも睡眠学習をしているかのようだった。時折、『睡眠』から覚めてしまうと、それが現実だった。

僕は夢を見ると、いつも逃げていた。リュックサックをしょって、ベンチに腰を下ろして、水筒の上蓋をくるくるさせて、ひと口喉を潤すと、又、やってくる。この上ない全速力にして、そのうち身体が浮き上がりそうになる位にまで、ちょっとでもスピードを緩めようとすると却って痛くて溜まらないから、ついには走りながら苦しくて息も出来ないようになり、やがて、肉が跳び散り脚がもげボディーまで吹っ跳んでいく。それでも、意識はしっかりしていて、無いはずの脚が勝手に私の預かり知らぬところで、自分の役目に執拗にこだわり続け、もはや私としてはもがいているだけだが、足元を覗き込んでも何も見えない。これよりもっと痛い思いをしてもいいから、もうこれで最後にしてくれと泣き叫んで頼み込んでも、仕舞にしてくれない。とうに痛みは恐怖にとって代わって、それでも、まだまだ、それは増す一方で、目玉は消防自動車のホースのように滝のような涙を際限なく流し続けているが、何百メートルも地に着かないでいる。そうかといって、もとより、目玉はおろか顔形もあばら家のようになっている。心配になって触ってみようとして、手がないのに啞然とした。それでも、こめかみに手形の感触がしてあるはずもない度肝を抜かれる。それから最後に恐怖の絶頂に達して、失神してしまう。あとには静けさが残り、気が付くと、森の泉に小舟が浮かび、奇麗な女のひとが長い髪を素手でかき上げ、一緒に腰もくねらせている。小鳥のさえずりが聞こえて来るようだが、全く音のない世界である。羽をバタつかせたかと思えば、勢いよく視界を横切って行き、レンズを通して見るようにワンテンポ遅れて目が追い掛ける。

高校を卒業しても「入学式」のなかった僕は、半ば名目上、大学受験浪人のような毎日を過ごしていて、模試も終わる頃になって、それまでの遅れを一度に何とかしてしまおう、というような、あまりに自分勝手で浅ましい身の程知らず野心などさらさら有りもしなかったが、クリスマスも正月も講習に通って、半分は感傷に浸っていたのが実情だったのだろう。

巷《ちまた》にてジングルベル鳴るを、霜夜にこそありつれ、笑ひ顔ばかり通り行く、北風にまろかされたる背であらば大方不憫なかりしものを

試験まで、頑張ろうともがいたものの、それは、内心、来年こそはちゃんとしよう、という戒《いまし》めだった気がする。

まだ、二三の入試を控えていて、その上、前日まで重なり続いていた日程で、多少風邪をこじらせていた僕は、自宅の階段を駆け上がって来る母にきょとんとしたが、電子郵便の到着を、即合格通知と取り違えたらしく、わざわざ試験の最中に足を運ばなかったので、本当のところ、それは不合格を目の当たりにする怖さからだったに違いないが、臆病でその癖《くせ》頑固な僕は、それを今でも、主観的に認めようとする言い方を拒むけれども、平静を装う自分

も舞い上がった。何を隠そう、この私も電子郵便の何たるかを知らなかったからだ。

その後、電子郵便に自分の受験番号が有ったり無かったりしたが、結局、最初の通知より都合の良いものは無かった。振り込んだ金も捨てることになったら惜しいが、そんな迷惑なら喜んで迎えよう、とほくそ笑んだりもしたが、迷惑も喜んで迎え入れることもそんな気苦労はくたびれもうけだったし、金は無駄にならなかった分惜しくはならなかったが、ほくそ笑んだ分骨折り損だった。

この辺の心情は自分でも定かでないが、後に残ったのは、これで自分も凡人になれる、という気持ちだった。入学式の時には、その念が更に強められて、晴れやかに、あぁ、これで立派に十分凡人だ、と、俺も凡人だ、と、胸を張って、もう世に背く背を向けるものではなくなった、と。

それからひとつへまをやった。

クラスガイダンスに遅れていって、目が点になった。もう、二人三人位ずつ、それなりに処々でそれぞれ塊になっていて、クラスで友達らしきものが出来て来たのは、それからかなり後になってからの事だと思う。

でもやっぱり大学はサークルなんだと、説明を聞きに行こうとして、幾つか思い歩くところ、教室の前迄来て、心臓の周りの毛細血管に血が溜まり過ぎたような気になって、そのまま加速して、歩を速めたりした。一応、開いたドアからちらりと覗き込んでおいた。

ある時には、直り切って部室の前でしゃがみ込んで、どうにかしてもらおう、と思ってみたところ、別に大した事なかった。でも、それで身体は休まった。

時には、何人かが、一年生じゃない、とか言ってくれてるのに、その隣りが、あんな態度でかいのが一年の訳ねぇ、とか一喝してしまった事がある。よく、一目でそんな事が言えたもんだ。別に普通にしてただけだ。だったらなんだ。大きなお世話だ。口は動かぬ代わりに心で思った。顔が赤くなって、髪も立った。生まれつきの所為《せい》もある。その時ばかりは腹も立った。それは、滅ってた所為もある。

その後、勇気を振り絞って、門を叩いてみたところ、実際門なんかないが、こういう時そういう言い方をして、別に誰でも知ってるって分かってるけど、こういう時そういう意味でこういう言い方をして、それで分かってもらえるかとかちょっと心配してみて、別に分かってもらえると思うけど、何か偉く大層な事に聞こえないかとか、ちょっと気になったから、言ってみただけだけど、実は、意外と大層な気分になって、乗り込んでみました。

すると、意外と奇麗なおねぇさんがおせぇてくれました。

最初に目が合った時、このひと、俺のこと好きになるかもしれない、なんて馬鹿な気が湧いたけれども、滅多に思う事でなし、大きな二重の、猛々しい眉の、赤茶のかかって肌に行き渡る、あくの強くて肉付きの良い重厚な彫りに、世の俗に背を向けていた僕は、しばらく声が出なくて、大きな眼が随分大きく見えて、耳に栓をされたみたいに、喉が詰まったみたいな、眉が反り上がって、言わざる聞かざるよく見える、みたいな、気持ち薄ら浅く黒の通る、血の気のあぶり出す面の、ソバージュの長く肩から上腕に裏に流れる、パッと見、安っぽい遊び女に見間違うかの情恋の漂いと小窓から差す日のあるかなしかのぼんやり、うつ伏す様かの哀愁に長く伸びる瞼の開閉の妙や、顔色の向きの心なしか鬱げなるやあらん。

「整形手術なんかじゃ真似できない顔だよね」

「それってどういうことなの」

「だから、人間らしい、人間味のある肉付きで、重厚なんだよ」

「それって、顔に肉があまってるって言い方にならない？」

「ハハ」

「それゃ、生まれてから一度だってゲッソリやせたことなんてないし、一度位はゲッソリって感じにもなってみたいけどね」

と頰の肉をつまんで長い目つ毛をパチクリさせて太い視線はどこふく風。

ところで、人間とは不思議なもので、自分の中に自分とその又違った自分が居るとかで、自分を見据えた時になって、見られた自分と見る自分とに分けらけるとかで、もしかして、間違った言い方になってるかもしれないが言い方にも十分配慮がいるとかで、偉く難しい事みたいで、そうだと思うけど、やっぱり難しい。

大したこっちゃないとも思うけど、見られる自分を見る自分が、自分に潜む自分で、それが自我だとかで、見られる方の自分が自己だとかで、見られる自分と見る自分で、プラスマイナスゼロでただの自分、ていう訳にはいかないそうだ。

何だか、宿借や貝の殻と中身、亀の甲羅と手足、首と頭、缶ジュースの缶と液体、ビール瓶の入れ物の瓶やラベルと中味のビールといった具合のような気もするが、見た目と中味、人間で言えば、イメージと本当の自分、みたいなもんだと簡単に思っちゃいけないのだろうか。

よく分からないが、その奇麗なおねぇさんに説明された時、正直言って、いい女と思った。『奇麗なおねぇさん』て言い方をするのが自己で、『いい女』って内心思ったのが、自我のような気がする。全然違ってたりして。

ある人が言うには、感情と理性とがあって、たとえ正しい事にせよ理性が感情を抑え込んでしまうと苦痛になるから、考えないに限る、と言う。随分都合が良過ぎる、強引な解釈だ、と鼻で笑ったら、結局、思い悩んだところで、厭なものは厭だから、気持ちが通らないとすっきりしない。だから、感情によらなければ、いつまで経っても面白い思いはできない。だから考えない、と言う。類《しきり》に考えない考えないと言うが、これは一理ある。通常、我々が理性から素直に行動に移す時、それは、感情と理性の一致をみた時で、理性という盾を持って、感情という矛が大手を振って歩くようなもんだ。理性という枠が有るから、安心して感情を前面に押し出せるだけなのかもしれない。又、枠がなければ、どうやって始末するかに迷うだけなのかもしれない。

来る日も来る日もワイワイ馬鹿をやって、人間界への復帰も収まりが着いたかと思えば、又、馬鹿をやって、しがらみが中々取り払い切れずに、飽かずに毎日を繰り返していた。それで、成長があったか、なんて問われたら、ある訳ないが、自分なりに自分を取り戻しつつある頃合いだった、なんて言い返せるかもしれない。日増しに感じがつかめていくような、確かな自信がやわら見え隠れ見え隠れし、次第に馬鹿をやらなくなっていった。

交はれば赤になれども朱と違ふ不器用の白なればこそ赤らみもすれ、ののしれば頬に紅浮かび歌えよ飲めよで又赤味を覚ゆる

R大学物語、その二

変

森村は女だったけど、僕と森村は仲のいい友達だった。お互いに『ひまじん』で、よく一緒に時間をつぶしていた。周りからは少々、誤解されるほど、二人でいることが多かった。でも、森村にはちゃんと彼氏がいて、それが、又、僕と仲のよかった秦野だった。

そもそも、二人が付き合うことになったのは、森村が誕生日だからと秦野が映画に誘ったのがきっかけだった。秦野は軽い気持ちで誘ったのだが、森村は真面目な女の子だったから、大学に入学したばかりで、しかも、いきなり自分の誕生日にデートに誘われたということで『本気』になってしまった。でも、秦野にはそんなつもりはなかった。それで、僕が仲介に入って、二人は付き合うことになった。秦野は少々、しぶしぶだったけど、僕は秦野に「ああいう子は泣かせたらいけないよ」と、それが決め手となったようだ。

森村には、小谷という女同士で仲のよい友達がいたから、僕らは三人とか四人でいることも多かった。

それぞれが、皆、さみしがりやだったのかもしれない。

とにかく、僕らはよく一緒にいた。そんなだから、僕らはよく森村の家で集まったりしていた。学校でもよくだべっていたけど、森村の家は家庭の事情で一軒家なのに森村が一人で住んでいたから、それに僕と小谷は通学にものすごく時間のかかるところに住んでいたので、何かっていうと森村の家に泊まらせてもらっていた。秦野と森村はカップルなのに、秦野には僕が、森村には小谷が、わざわざお付きのような役割を果たしているようなもんだった。

でも、やっぱりみんな、何かと口実を作っては遊びたかった、というのが実情だったと思う。それで、僕と森村が二人でいることも多く、また、誤解されることも多かったんだけど、四人でいることも多かったので、僕と小谷もよく勘違いをされることがあった。でも、森村の家で泊まる時も、それに、四人で旅行に行ったこともあるけど、森村と小谷が同じ部屋で、僕と秦野が同じ部屋だった。本当に不思議な集まりだった、と思う。でも、僕らは極端なことを言うと、眠る寸前まで、だべっていて、目が覚めると、寝間着のまんまで集まり出して、とにかく馬鹿馬鹿しいくらいにまでに時間を共有していた。本当に仲がよかったんだ。

けれども、僕らには少々、面倒な問題があった。実を言うと、男と女ということになると、秦野と森村は上手くいってなく、僕と小谷はよくつるんではいたんだけれど、決して男と女というようにはならない、遊び友達だった訳だし、僕は僕で彼女がいないことをいくらなんでも、そのままでいいとは思えなかったし、小谷も小谷で、やっぱり彼氏が欲しいと思っていたと思う。

ただ一度、僕と小谷の二人で、小谷が慕っていた先輩の家に泊りで遊びに行ったことがあり、その先輩は一人暮らしだったので、ざこ寝をすることになって、女の二人はよく眠っていたけれど、僕はもともと寝付きが悪く、それに、やっぱり、いくら小谷だとはいえ、すぐ隣りで、ちょっとした加減で肌と肌が触れるくらいのざこ寝だったので、ちょっと違和感があったかと思う。そして、小谷は眠りながら、本人は全然気づいていないようだったけれど、まぁ、本当に小谷は眠っていたんだから、でも、小谷の手が僕の大切なところに触れられていて、というよりも、小谷の手の平が僕の大切なところにべったりと置かれているような状態だったので、それはちょっと、参った。

更に、そして、実を言うと、夏のむしむしした寝苦しい夜だったから、僕はジーンズを脱いで、ブリーフのパンツで寝ていたのです。もぉう〜！　それで、僕はちょっと困ってしまったんだけれど、そのうち、そのまま寝てしまったのだった。すると、夜中に先輩のびっくりした声が響いて、目が覚めたら、僕の大切なところはブリーフのパンツから、はみでそうなくらいで、こんもりと大きな山を作っていたのでした。小谷が、「何で、そんな格好で寝るのよ。それにどうしてそういう風になるのよ」と嫌みっぽく口にしていた。僕は、「健康な男なら、眠っている最中にそういう風になるし、だから、いわゆる『朝立ち』がある」と説明した。

それで、二人は納得してくれた。

でも、小谷は僕の股間を実はただで触ってたんだから、ずるいとも思った。そんなこと、他の女の子が知ったら、絶対に怒るはずだ。そして、小谷は嫉妬されるはずだ、なんてことないか、なんてね。でも、小谷はともかく、女の先輩まで、あんなにびっくりしてたんだから、僕は嬉しかった。自信をもってもいいのかなぁ、なんて、思ったりもした。だけど、そういう問題でもないよな、とも思ったりもした。

という訳で、僕らは不思議で仲のよい四人組だったのだ。

ところで、このことは秘密にしておこうと思ってたんだけど（だって、僕の人格が疑われるかもしれないから）、でも、正直に話す。

その先輩の家に泊めてもらって、いいことが二つあった。

一つは、その先輩は自分の部屋だからということで普段着だったんだけど、丸首のTシャツにたるみがあって、ノーブラだった。何でそんなことに気づいたのかというと、その先輩がかがんだ時に、おっぱいが丸ごと見えてしまったのです。

いいえ、見てしまいました。そのことに、その先輩は、全然、気づいてない様子で、僕は、乳首まで、はっきりと見えてしまったもんだから、いいえ、しっかりと見てしまったもんですから、びっくりして、嬉しかった。やっぱり、女の人の部屋って、エッチなんですねぇ。

僕にはちょっと刺激が強過ぎたかもね。

それから、もう一つ。その先輩は手料理を作ってくれたんだけど、それだけでも嬉しいことなのに、なんと、

「栗山くんて、ポテトサラダ、好きだったよね」

「はい。あっ、でも、なんで知ってるんですか？」

「前にそんなこと言ってなかったっけ？」

「あぁ、言いました。覚えててくれたんですか？」

「うん、だから、作ろうかと思って」

と、ポテトサラダもメニューに加えてくれたのだった。それには小谷も驚いてしまって、というより、その先輩をあがめていた小谷は僕に嫉妬していたくらいだったんだから。

でも、本当に、とっても楽しい先輩の家だった。

それから、帰りには、僕と小谷で、飛鳥山公園に行った。

何故って、僕が子供の頃、よく遊んだところだったから。アスレチックを見た時には、子供の頃を思い出した。噴水を眺めながら、公園のベンチに腰かけていると、小谷がずっと黙っていたから、僕は、

「ここって、いいデートコースなんだよ」

と、こんなセリフをはいてしまった。小谷は「えっ！」っと、声をもらし、顔を赤らめていた。僕もガキだったけど、小谷もうぶだったんだよね。

今の小谷は酒は強いし、よく飲むし、カラオケは好きだし、すごい生活してるんだけど、この頃は『女の子』だったんだろうね。

それで、話は戻るんだけど、飛鳥山公園に行った後、僕と小谷は、僕が小さい頃、住んでいた家を見に行くことにした。そしたら、僕が住んでいた家も隣りの大家さんの家も、そっくり大きなビルに代わっていた。そして、僕が毎日のように遊んでいた、近くの公園は、でっかい山のようなすべり台があって、そのまま砂場が広がってたんだけど、大学生の僕の目には、思っていたより、こじんまりとしていた。ちょっと悲しかったけど、時間が経つにつれ、じんわりと嬉しくなってきた。この辺の最寄り駅には、ちんちん電車が走っていて、小川が流れているんだけど、その川に沿って散策できるような小道があって、風情があり、もしかしたら、これって、僕と小谷の『デート』だったのかもしれない、なんてね。

本当に僕らは変な四人組だったのだ。

あっ！　でも、もう一つ、僕ら四人組のことで、話さなければならないこともあった。それは、森村と秦野が男と女としては、あんまりうまくいってなかったと言ったけど、森村と僕が仲良くしていると、秦野は機嫌が悪くなることが多かった。普段は、結構、放ったらかしにしているようなところが多分にあったのに、やきもちだけは、やくようなことがあった。それが、四人で箱根に一泊旅行をした時に爆発した。秦野が森村に怒鳴りつけたのだ。

「お前は栗山の女かよ。違うだろ、俺の女だろ！」

と、だから僕は、

「だったら、もっと、森村を大切にしろよ！」

と、言ってやった。それから、僕と森村を疑うなんて、おかしいとも付け足した。森村は僕といちゃついてるように仲良くしているようなこともあったけど、秦野にふり向いてほしくて、僕をそういう意味では利用していたのかもしれない。

でも、僕は、それでも仲のいいことには変わらないと思って、この『親友』の、そんなつもりに対しても、無条件で許していた。全く気にしてなかった。

ところで、この箱根一泊旅行なんだけど、お年寄りの人達の他はカップルばかりで、僕は『羨ましいなぁ』と思ってたけど、他から見れば、僕らも二組のカップルに映るんだろうなぁ、と、そんな気がして、食堂で四人で食事している時なんかには、ちょっと、そんなことを意識したりしてしまって、恥ずかしかった。

こんな僕ら四人組だったけど、ある日、突然、事態は変わることになる。それは、夏休みのことだ。突然、秦野から電話がかかってきた。

「何だ、どうした？」

「いや、そろそろ合宿免許も終わった頃かと思ってな」

「おう、今日帰ってきたばっかりだ」

「今日？」

「うん、今から二〜三時間前に帰ってきた」

「ほんとか。なんだ、そうか。いや、もう帰ってきてから、何日か経ってると思って、栗山もどうしてるかな？　と思ったから」

「あっ、そうか。で、何？」

「いやな、お前、これから森村ん家、来れるか？」

「何で？」

「いや、森村が友達を連れてくるから、花火でもやって遊ぼう、ってことになってな、まぁ、森村の友達だから、あんまり期待はしてないけどな」

「どうして？」

「だって、『類は友を呼ぶ』って言うだろ」

「お前、それは失礼だろ」

「ハッハッハッ」

「でも、うちから森村ん家までだと、かなり時間かかるぞ。ここ、学校じゃないんだからな」

「まあ、とにかく来いよ。遅れるのはいつものことじゃねぇかぁ」

「ハッハッハッ、まぁ、とにかく行くよ」


僕は高校時代の友人と一緒に合宿免許を取りに行っていて、帰ってきた、その日にいきなり電話がかかってきて、びっくりした。家で、ちょっとごろりとして、疲れたぁ、と思っていたところで、又、遊びの誘いだ。僕は、あぁ、忙しいと思いながらも悪い気がしなかった。とにかく遊びたい年頃なんだよね。

数時間後、森村ん家《ち》に着いた。森村は、

「遠いところ、はるばるご苦労様！」

と、言ってくれ、それから、ちょっと、うす笑いを浮かべた。少し変だな、と、なんとなく思った。秦野は、

「おめえ、随分遠いところに住んでんなぁ、どっから来たんだ」

と、ゲラゲラ笑っていた。つられて僕もゲラゲラ笑ってしまった。そして、うるせぇ！と、一言、文句を言って、そしたら、皆で大爆笑となった。


けれども、一人の女の子がペコンと頭を下げて、ニコッと照れ笑いをしたら、僕は声が出なかった。森村は僕の顔を見ながら、ニタニタ笑っていた。そして、

「私の高校の時の同級生で、峰岸さん」

と紹介してくれた。僕は真顔になってしまった。

そして、恐る恐る、ちらりと視線を向けながら、お辞儀をして、

「こんにちは。はじめまして」

と、丁重に挨拶した。

とてつもない美人だった。それなのに、ひかえめな様子で、少々、恥ずかしそうにしていた。それが、又、よかった。そして、すごくやせていた。肩幅がせまくて、顔が小さかった。微笑ましく整った顔立ちだった。その上、ちょっと目のやり場に困ってしまうくらいに、大きいところは大きくて、細いところは本当に細くて、きゅっと締まっていて、とにかく、素晴らしい体をしていた。とっても立派な女の武器を持っていた。けれでも、こっちの方が、そんなことと思ったら、いけない！　いけない！　という意識が働いてしまう程に、照れているのかしら？　と疑いたくなるまでに、本当にひかえめな表情で、そして、身のこなしは恥じらいを感じさせる仕草で、これ以上はない『女』らしさだった。でも、『女の子』だった。かわいかった。長い目《ま》つ毛がすだれのように瞳の大半を隠して、下を向いてばかりいた。時折、まばたきをしながら、顔を上げようとするんだけれど、視線が合ったりすると、びっくりしちゃうのかな？　すぐに、又、下を向いてしまう。ちょっと話をしているうちに、質問

したりすると、一呼吸置いてから、うなずいたり、首を横にふったり、目つ毛をパチクリパチクリさせながら、だんだんと視線が上向きになってきて、目が合っちゃうと、さっと下を向いてしまう。そして、あごをひいて、赤らんでいる。初対面で紹介されて、落ち着かない様子だったけれど、決して、しとやかさを失うものではなかった。その気色に色の華があって、そんな色の気に危ない香りのみじんもなく、僕みたいな恥ずかしがりやでさえ、見入ってしまう程だった。僕にとって、女の人の色の気や色の華は、そして、色が香りを放ったりすると、通常、大抵、そんなように感じられたりすると、困ってしまうものだったのに、この子には、ずっと見ていたくなってしまうような、思わず、じっと見とれてしまうような、そんな心地良さがあって、優しそうな笑顔が、実に、さわやかだった。笑んだ表情が、あったかそうだった。危険な香りはおろか、いやらしさなど全くなかった。

僕はなんだか素敵な夏の夜を感じた。もう、暗がりの時分だった。花火が随分、楽しくなるだろうと予感した。最高の演出だ。そして、これ以上の偶然があろうかと思った。夏の夜の花火。

最高だ！　最高だ！　最高だ！

と思った。

ところが、森村に尋ねると、

「ああ、もう、花火なんか全部やっちゃったわよ。あんたが来るのが、遅かったのよ。待ってたんだからね」

「えーっ！」

「とにかく、まだ、寝るまでには時間があるんだから、盛り上げてよね。頑張ってよ。いい？そこんとこわかってよね」

「うん。頑張る」

「どう？　あたしの友達」

「文句のつけようがない」

「そうでしょ。あたしの友達とは思えないでしょ」

「うん」

「はっきり言うわねえ。もう、ハッハッハッ」

峰岸さんとはなんとなく会話を交わして、それとなくいい雰囲気になって、ほどよい加減の『談笑』となった。峰岸さんはうなずいてばかり。しばらく動きが止まるかのように、そして素早く、こくりとうなずく。間に軽く冗談を交ぜたりすると、赤らんだ肌が笑顔を作る。素敵な目をしているのに、まぶたをヴェールにして、何かの弾みで、それが、あらわになると伏せてしまう。でも、その一瞬が見たいばかりに、僕は、ちょっとしたコギャグを繰り返した。確かに僕の顔なんて、直視できる代物ではないが、僕のギャグにいちいち、嬉しそうに笑うから、「そんなに面白い？」と、僕も嬉しいから、そう尋ねると、多少の間を置いてから、こくりと弾むようにうなずく。あんまりうなずいてばかりいるから、「そんなに面白い？」と、尋ねる瞬間に、「でも、本当はつまんないでしょ」と投げかけると、うなずきかけたところで、あわてて首を横に振る。その動きの止まらないうちに、今度は「でも面白いでしょ」とはさむと、動きを止めて、それから、うなずく。それで、僕はいたずらをしたくなり、「ギャグが面白いんじゃなくて、俺が面白いんでしょ」と、突っ込みを入れると、又、嬉しそうに笑う。そこで、「面白いっていうより、変な人って思ってない？」と、勢いで言ってしまうと、楽しそうに違う違うと首を横に振る。声まで上げて笑う。それが嬉しかった。だって、なかなか声を出してくれないから。笑う時も、首を横に振る時も、声を出さない。喜んでくれても、なかなか声を出してくれない。だから、嬉しかった。なんだか伏せているのは、まぶただけで、実は、大半を隠している瞳はこちらをうかがっているような気さえした。その気分が、又、たまらなくよかった。そこで、僕の方が黙ってしまったところで、ようやく顔をこっちに向けてくれたままで、ちゃんと目をくっきりさせて、やっと、それと分かるように僕を見てくれた。

すると、森村が、

「ほんとに、面白い人でしょう。アッハッハッ、ていうか、変でしょ、この人。正直に言っていいのよ」

と、峰岸さんに向いた。峰岸さんも森村に向いた。二人は目で会話をしているようだった。峰岸さんの目には戸惑いがあった。そこで、僕は口をはさんだ。

「正直に言ってくれていいんだよ。ちょっとは、少しくらいは、変かな？　って思ったりしたでしょ」

と、そろりと尋ねると、峰岸さんは黙ってしまって、動かなくなった。そして、下を向いてしまった。

それから、長い間を十分に取って、それから、手加減して、小さくうなずいた。そこで、一同、大爆笑のうずとなった。

僕は素直に感想を述べた。

「変ってことは、面白いってことでしょ？」

その言葉に峰岸さんは顔を見上げながら、又、黙ってしまった。そして、おどおどしていた。

「変って、思われることは、俺にとっては嬉しいこと。面白くて、しかも個性があるってことにならない？」

うなずいた。峰岸さんがうなずいた。そして、僕をじっと見ていた。

「だから、俺は『変』って、思われるのは嫌じゃないし、『変』って思われたい」

顔がひきしまってきた。峰岸さんの表情が真剣になった。まだ僕を見てる。

「俺って、変でしょ」

うなずいた。峰岸さんがうなずいた。僕は峰岸さんの勇気を感じた。峰岸さんの視線に鋭い光が走った。それを受けた、僕の目は固まってしまった。緊張感が漂って、それでいて、見つめ合うような形になってしまった。そして、僕は沈黙を破った。

「でも、本当に『変』っていうのも困るでしょ。本当の『変』。どう？　困るでしょ？」

何を意味しているのか分からない。どう返事したらいいのか分からない。峰岸さんは、そんな風情だった。僕は言葉をつなげた。

「だから、変態だったら、困るでしょ？」

首をたてにふった。ちょっと笑いながら、峰岸さんはうなずいた。

「俺は変態じゃないよ。それは分かってくれているでしょ。俺は変態じゃないよ。まさか、俺のこと、本当に変態だと思ってるんじゃないでしょうねぇ。違うよ。それは分かるでしょ」

こきざみに、こくりこくりとしているうちに、くすくすと笑いだし、最後に大きく、こくり、として、大きく笑ってくれた。喜んでくれた。手を口にあてていた。本当に楽しそうにしてくれた。だから嬉しかった。

とにかく楽しい一日だった。特に印象に残っているのは、おふろあがりにダボダボの寝間着姿で現れたこと。あんまりかわいいもんだから、ちょっと強調されている女の武器は見ないようにして、それでも、あんまりかわいいもんだから、「肩、もんでくれる？」と冗談で言ったら、こくり、と。本当に僕の肩をもみ始めて、びっくりしてしまった。少々緊張が過ぎて、肩をもんでもらったら、肩がこってしまった。でも、峰岸さんの手は小さくて、指は細くて、本人は一生懸命、力を入れてるのが分かるほど、がんばってくれて、でも、か弱くて、その感触が、実に、よかった。妙に、たまらなかった。変に恥ずかしくて。僕は「もういい、もういい」と、ほんとに十分だったから、そう言った。峰岸さんは手を止めた後も、僕の後ろに立っていた。ふり返ると、嬉しそうに笑んでいた。笑んでくれたのかもしれない。どっちだろう？　という思いが湧き上がるのと同時に、どっちでもいいと思った。

それと、もう一つ。何を食べたかは覚えてないんだけど、手作りの料理だったと思う。気分がよかった。爽快だ。秦野は、

「どうなってんだ。一体、どういうことだ。小谷の時は、カップラーメン食わされたよなぁ」

と。みんなゲラゲラと笑ったが、勿論、峰岸さんはそんな品のない笑い方はしないけれど、森村は、

「そうだったわねぇ。でも、今日は、あたしも一緒に作ってるのよ」

と自分をアピールしてから、ゲラゲラと笑っていた。朝になって、僕らは、ひまだったけど、峰岸さんは看護学校に通っていて、授業やら実習やら、それに加えて、そんなに忙しいのに、ちゃんとアルバイトも。おまけに寮に入っているから、当番やら何やらとかで、帰らなくちゃとかで、残念。僕は、思わず、

「また逢いたいなぁ」

と漏らしてしまった。すると、森村は、

「だから、学園祭の時に来るから、又、よろしくね」

と。僕は、

「ほんとに？」

と峰岸さんを見た。峰岸さんは、うなずいた。


学園祭の最終日に峰岸さんは現れた。というより、僕が少々というかだいぶ遅れてしまったために、僕が着いた時には、もう来ていた。みんなにも「また遅刻ぅ。責任者でしょ」と叱られてしまった。僕は、ちょっと面目なかったけれど、峰岸さんがこっちを向いたから、軽く会釈した。峰岸さんもタイミングよく、それで返してくれた。けれども……。

あの子がいる。もう、あきらめたけれど、まだ思いは消えていない。今日に限って、もう、

半分は幽霊部員になっているのに。今日は来てる。森村には「ほら、せっかく来てくれたんだから、あとで、キャンパスでも案内してあげて。そこんとこ、頼むわよ」と言われた。でも、僕は、みんながあんなに一生懸命なのに、と思って、いや、そうじゃない。それは言い訳だ。僕は、片思いを続けていた、あの娘の目の前で、その張本人の前で、ためらってしまっただけだったんだ。

時間は、どんどん過ぎていく。峰岸さんはエプロンまで付けて、協力してくれた。隣りで男が執拗に話しかけている。僕は事務的な言葉しか交わせない。どうしようどうしようと焦りながら、やっぱり行動に移せなかった。森村には、さんざん叱られた。説教された。何を言われても言い返せなかった。峰岸さんは僕らのサークルで、一躍、人気者となってしまって、男どもが群がった。時折、僕の方を見ているようだった。それでも、僕は動けなかった。駅の帰り際では、花まで渡す馬鹿がいた。普段は、そんなことしないのに、と思える先輩まで、

「俺も行くか」

と言って、話しかけていた。男どもは色目を使っていた。みんな馬鹿みたいだった。でも、僕は、もっと馬鹿だった。峰岸さんは僕を気にしているようだった。そんな峰岸さんを放ったらかしにして、僕は見ているだけだった。やがて、峰岸さんが一人となり、それでも僕を見ていた。けれども、全体が打ち上げコンパに向かい出すと、僕もそれに習った。それを見

て峰岸さんは改札の方に行こうとした。僕は自分が離れるように歩きながら、目だけは『待ってくれ』と、やっぱり、見てしまった。峰岸さんが帰ろうとして、、向き直った。さぁ、行け。行け。

それでも、僕は話しかけれなかった。そして、峰岸さんは消えた。

それが最後だった。森村には、すごく怒られた。僕は馬鹿だった。

峰岸さんは、たった二回しか会っていないのに、今となってもいい思い出だ。

ふと、今頃どうしてだろう？　と、ちょっぴりいけない想像を働かせてしまった。

でも、ありがとう！　僕のお見合いの女！

R大学物語、その三

佳代ちゃん

佳代ちゃんは実は真面目な女の子だった。僕が大学三年生の時の新入生だった。

僕らのサークルには、そろそろもう夏だなぁ〜という頃になって、一年生の女の子二人組が入会してきた。二人とも器量がよく、そのうちの一人が佳代ちゃんだった。

その頃の僕はゼミや兼部していた文章を書くサークル、後に本業となった塾講師のアルバイトなど、忙しい毎日を過ごしていたので、僕らのサークルにはあまり顔を出さないでいた。でも、その頃の僕は忙しいといっても、公的には凄く忙しかったけれども、私的には全くの『ひまじん』だった。

バブルの華盛りし頃で、誰もが恋愛に夢中になり、イベントというイベントが持てはやされてた頃だった。

心の傷が癒えないで、恋愛から遠のき、私事では物静かな生活を僕は送っていた。

サークルの夏合宿にも塾の夏期講習の都合で、最後の一泊二日しかできなかった僕は、清里のバンガローに着いたのは夕暮れ間近の夏なのに、涼しげで穏やかな陽気の時間帯だった。

バンガローには誰もいなくて、管理人の人に尋ねると、皆、テニスに行ったという。サークルで借りている幾つかのバンガローのうちで、僕が使ってもいいのがどれか分からなかったけれども、中のある転がっている荷物を見て、ここらかな？　と、そのうちの一つの中で腰を下ろした。

ほどなくざわめきが聞こえてきて、こじんまりとした集団が近づいてきた。僕はそろりと外に出て、

「どうも、栗山です」

と、愛想笑いをした。ちょっと気恥ずかしかった。

「おう、珍しい奴がいるなぁ」

と、四年生に茶化され、同級生からは、

「ほんと珍しいひとが来たわね」

と、

「ほんとほんと」

と声をそろえられた。

「あの人が栗山さんですか？」

と、見知らぬ顔が映り、そのうちの一人が佳代ちゃんだった。僕が佳代ちゃんと会ったの

は、その時が初めてだった。

僕は集団に歩み寄り、集団は笑顔で迫ってきた。余程テニスが盛り上がったに違いない。

「僕もテニスしたかったな」

と、ちょっぴり悔しかった。

集団の真ん中に三人の女の子が並び、二人組で仲のよさそうな新入生が二人、二年生だけれども新しく入会してきた女の子が一人、かつて仲良くしていた仲間たちが男も女もいい汗かいて、黄色い声出して、野太い声も交じり、そのうちの代表格だった、当時はサークルの会長になっていた女の森村が得意のゲラゲラ笑いをしながら、ほんとに機嫌よく嬉しそうにニューフェイス三人を紹介してくれた。

一年生の二人組が林田さんと長友さんで林田さんが理沙ちゃんで長友さんが佳代ちゃんで、この二人が理沙ちゃんと佳代ちゃんで、下の名前を皆が呼んでいたので、姿、顔、形の区別はできたけれども、理沙ちゃん佳代ちゃんと名前が跳び交うので、その当時、三年にもなってまだ『不器用』だった僕には、理沙ちゃん、佳代ちゃん、という名前が混同し易かった。会話の中で、時折、指差しながら、目が合った時に、

「えっと、理沙ちゃんだっけ？」

と、

「えっと、佳代ちゃんだっけ？」

と、

「違います」

「そうです」

と、当たったり外れたりした。その度に二人が盛り上がってくれて、
と、

「私が理沙です」

「私が佳代です」

と、言う具合に半ばアピールしてくれて、意外と新鮮に妙に照れるような、でも、すぐに仲良くなれたような、正直、嬉しいような、でも、外目ではあんまり喜ばないような……。

それから、二年生の女の子が本木さんでその名のまま呼ばれていた。本木さんはキツそうだったけど、やっぱり美人の部類に入る女性だった。その時、その場で紹介された時にはあまり口を開かなかったが、夜になって、たまたま二、三人で固まりになった時などには凄く会話が弾んで、と言うより彼女の理知的な言葉が、ハキハキとした声が、テキパキとした言動が強く印象に残っている。

とにかく三人とも個性的で、理沙ちゃんはノリが軽いと感じられるくらいにペチャクチャ

おしゃべり上手で、それに続いて、佳代ちゃんの声も弾むという案配で……。

とにかく三人とも美人だった。

森村が嬉しさ一杯に、笑い転げるくらい、

「ねぇ、ほんとに可愛い子ばっかり三人も女の子が入ってくれたでしょう」

と、何度も何度も繰り返していた。

「こんなに可愛い子が三人も入ったんだから、栗山くんも先輩なんだから、ちゃんと可愛がってあげてよ」

と、真剣な眼差しで、これまた何度も何度も森村は繰り返していた。

「でも、栗山くんが先輩っていうのもおかしいけどね。でも、一応先輩なんだからね。栗山くんが先輩かぁ〜ハッ、ハッ、ハッ……」

僕も内心嬉しくて、それが顔に出ないように、出ないようにと、吹き出しそうになるのをこらえるのが、これまた妙に全然悪い気がしなかった。たった一泊でも来てよかったと思った。

でも、三人とも素敵だったけど、『女』を感じたのは佳代ちゃんだけだった。僕が年下の女の子に対して、そんな気持を抱いたのは、そして、そんな自分の気持ちに自分で気づくまい気づくまいとしたのは、年下の女の子では佳代ちゃんが初めてだった。佳代ちゃんとすぐに仲良くなれてよかったと思うのを、それを表面的なものに止まらせようとする思いと、でも、いたずらっぽい視線が妙に強く感じられて、これはいけない、気がゆるんだらノックアウトさせられるという恥ずかしさを越えた、怖ささえ感じられて、会話の進行とともに、どんどん、なついてくる三つも年下の女の子との会話を楽しみながら、その時は何とか自制心が保てたものだった。

でも、何かと、

「栗山さん、栗山さん」

と、なついてくる『後輩』に、

「俺も先輩かぁ、あんまり先輩らしいことしたことないんだよな」

と感じたりした。

夏の青々とした山の中で、一泊二日！　いい出会いだった。けれども、発展を望んだらいけないと、いけない、いけないと心に決めた。

この子の瞳を見ていると、本気で好きになったら、ふり回される、いい子だったけど、無邪気に知らず知らずのうちに、この子は男を迷わす『女』だと思った。だから、年下なのに佳代ちゃんに『女』を感じたのかもしれない。

でも、佳代ちゃんはほんとにいい子だった。

真面目だった。

ただ僕は尋常では考えられないくらい恥ずかしがりやだったので、いつの頃か、いつの間にか、恋の顚末を、恋する以前から予感し、震え、逃げてしまう悪癖が備わってしまっていたのだった。

でも、佳代ちゃんはただ真面目であるばかりでなく、真面目に真面目に僕に近づこう、近づこうとしてくるようになったのだった。


三年の夏合宿が終わり、三年の夏休みが終わり、又、普段通りに公的には忙しく、私的には物静かに、という生活が落ち着いた頃、サークルの掲示板があり、僕らの集まり場所となっていた、五号館のロビーにソファーが点在していて、ガヤガヤとした群がりの中に一人、ポツンと佳代ちゃんが腰掛けていた。僕はちょっと珍しく時間的に余裕があったので、佳代ちゃんに近寄り、佳代ちゃんも僕に気づき、僕は佳代ちゃんの真向かいに腰を下ろした。

「やぁ、佳代ちゃん、一人で何してるの？　なんか元気ないね、どうしたの？」

「ひまなんですよ、私、いつも三限と四限がなくて、その間、時間をつぶしてサークルに出てるんですよ。毎週、サークルのある日は、三限と四限をもう何時間も時間をつぶしてサークルに出てるんですよ」

「あぁ、今日、サークルの日だったね」

「栗山さん、今日はサークル出るんですか？」

「うん、一応出るつもりだけど、今から部室に行かなきゃならないんだ」

「部室って、栗山さんが入ってる、もう一つのサークルの方ですか？」

「うん、そうだよ。でも、そんなに急いでないから、それになんかつまんなそうに腰掛けてる佳代ちゃんを見つけたから、今、ちょっと話しかけてるんだけど」

「もう、ほんと退屈なんですよ。あたしサークルに出るためにサークルのある日は、毎週毎週、一人でこうしてるんですよ」

「そうなんだぁ、偉いね。そう言えば、佳代ちゃん、僕がサークルに出ると、必ずいるもんね。しかも、三限も四限も授業がないのに、それでもサークルに出てるんだから、ほんとに偉いじゃん」

「はい、毎週出てます。でも、それまでがひまなんですよ。栗山さん、遊んで下さい」

「えっ、何でよ」

「だから、サークルのある日は三限と四限の間の時間、一緒に遊んで下さい」

「えっ、だって、佳代ちゃんなら遊んでくれる子、たくさんいるでしょ。佳代ちゃんだったら誰でも相手してくれるんじゃゃない」

「誰も遊んでくれないですよ。ほんとにひまなんですよ。だから、栗山さん、遊んで下さい」

「あれっ、だって、佳代ちゃん、彼氏いたよねぇ」

「いるんですけど、この時間は一人なんですよ。誰も遊んでくれないですよ。だから、栗山さん、遊んで下さい」

「そんな、彼氏のいる女の子と一緒に遊んだりできないでしょう。そういうのはよくないでしょう」

「じゃあ、彼氏がいなければ遊んでくれるんですか？」

「ハハッ、そういうことは彼氏がいない時に言ってよ。それは、彼氏がいないんだったら、考えるよ」

「じゃあ、彼氏と別れたら、彼女にしてくれますか？」

「だから、そういうことは彼氏と別れたら言ってよ」

「じゃあ、彼氏と別れたら、彼女にしてくれるって約束してくれますか？」

「そりゃ、約束はできないよ。でも、彼氏がいないなら、考えるって言ってるじゃん」

「ええ、じゃあ、あたしどうすればいいんですか？」

「って言われても何とも言いようがないけど」

「じゃあ、とにかく遊んで下さい」

「うん。でも、そろそろもう一つのサークルの部室に行かないと」

「もう一つのサークルって、文芸工房でしたっけ？」

「うん、そうだよ。よく知ってるね」

「あたしも文芸工房に入りたいんです」

「えっ、何か書きたいの？　それとも文学とかで何か談議でもしたいの？」

「特にそういう訳じゃないんですけど、でも、栗山さん、文芸工房の部室によくいるんですよねぇ」

「うん」

「だから、私も文芸工房に入れて下さい」

「えっ、そりゃ、まずいよ。そういうのは、よくないよ」

「何でですか？」

「だって、それだったら、サークルに二つ入ってる意味ないし、それにサークルの運営には僕はもう関わってないけど、活動には参加してるし、その時、会えるじゃん」

「そうかもしれないですけど、でも、たまに、ですよね」

「あぁ、そうかもしれない。でも、活動には参加できなくてもサークルに出た時にちゃんとした意見が言えるように自分なりの考え方を身に付けようと取り組んだり、出れない時でも、自分で時間作って準備したりしてるんだよ。それに出た時には、実際、結構まとものこと発言してるつもりだよ」

「それは確かに、そうです」

「そうでしょう。こっちのサークルの方だって、ちゃんと活動してるつもりなんだよ。それに出てないっていっても、二～三週に一回は出てるつもりなんだけど」

「二～三週に一回なら、いい方ですよ」

「あぁ、確かにあんまり出れない時もあるけど」

「そうですよ。せめて、二～三週に一回とか、できれば毎週出てほしいですよ。半分はそのために、毎週毎週、三限と四限、時間つぶしてるんですよ」

「あぁ、そっかぁ。ごめんごめん。なるべくサークルには出るようにするから、って言っても、やっぱり忙しいから、二～三週に一回になっちゃうんだよね」

「栗山さん、ほんとに忙しいみたいですけど、彼女とか、いるんですか？」

「いないよ」

「じゃあ、どうして忙しいんですか？」

「あぁ、だから、俺って、公的にはもの凄く忙しいんだよね。ほんとに忙しい。でも、充実してるけどね。でも、私的には全くの『ひまじん』で、彼女なんかいないよ」

「それって、ほんとなんですか？」

「ほんとだよ」

「じゃあ、いつから彼女、いないんですか？」

「あのねぇ、佳代ちゃんは僕に対して、こんなこと言うのなんだけど、本当に佳代ちゃんは僕に対して真面目に接してくれるから、正直に話すけど、僕は生まれて二十二年、彼女ナシだよ」

「えっ、彼女がいた時がないんですか？」

「そうだよ」

「それって……」

「そう、僕はね、童貞なんだよ。普段はこんなこと絶対に言わないけど、佳代ちゃんが本当にたまにしか会わないけど、本当に真面目に接してくれるから正直に言うけど」

「それって、本当なんですか？　その噂はほんとなんですか？」

「そんな噂あったんだ？　でも、佳代ちゃんだから正直に話したんで、絶対に内緒だよ」

「はい」

「でも、俺って、凄く遊んでるって噂もない？」

「そういう噂もあります」

「そう、それでいいの。何でかっていうと、そういう噂があるから、巧くごまかしたり、逃げられたりできるんだよ。だから、俺がよく遊んでるって噂があるから、逆に助かってるんだよ。だって、大っぴらにあからさまに俺が童貞だってことが知られちゃったら、もしかして、変な女にイチコロにされちゃうかもしれないでしょ。それって、困るし、だから、佳代ちゃんだけには言うけど、俺についての本当のことは絶対に誰にも言わないでね。いい？」

「はい！」

「ほんとに誰にも言わないでよ。じゃないと、ほんとに変な女にイチコロにされちゃいかもしれないから、だから、ほんとに内緒にしてよ。冗談抜きで、絶対、誰にも言わないでよ。お願いね」

「はい。絶対、誰にも言いません。絶対に内緒にします」

「うん、よろしくね。佳代ちゃんだけに言ったんだからね。こんなこと人に話したの初めてだよ」

「あのぉ、一つ聞いてもいいですか？」

「うん、いいよ」

「栗山さんは何で彼女を作らないんですか？」

「うーん、その話をすると、又、長くなるから、それは今度、話すよ。じゃあ、またね」

「あのぉ、今度って、いつですか？」

「いつとは言えないけど、こんな感じで、又、話そうよ」

「はい」

「まぁ、ちょっと変な話しちゃったけど、佳代ちゃんならいいかなぁ～と思って」

「ほんとですか？」

「うん。又、必ず、今度」

「はい。是非お願いします。又、話したいです」

「あの、こんなことというとなんだけど、今日は結構しゃべったよね？」

「はい」

「こんな感じで話せたら、少しは満足してもらえたかな？」

「はい、満足です。っていうか、今までで一番満足ですし、大満足です。ほんとに、又、こういう風に話して下さい」

「うん、時間がある時なら、それに、こんなんでいいなら、又、話そうよ」

「はい。ほんとに、又、今度こんな風に話して下さい。なんか今日は栗山さんと、ちゃんと話ができたって感じがして、ほんとに大満足です。凄く嬉しいです。おまけに栗山さんの大切な秘密まで教えてもらって、絶対に内緒にします。でも、ほんとのほんとに、それって、ほんとのことなんですか？」

「それって、俺が経験がないってこと？」

「はい。ちょっと信じられないくらいです」

「ハッハッハッ、佳代ちゃんも俺が凄く遊んでるっていう噂、やっぱり結構まともに、そっちの方が当たってるって思ってたんでしょ？」

「そういうつもりだった訳じゃないんですけど、やっぱり信じられなくて、ほんとに今までに一度も彼女がいた時がないんですか？　何度も同じこと聞いて、しつこいようですけど、ほんとですか？」

「ほんとだよ。って言うか、俺、キスもしたことないし」

「それって、ほんとなんですか？」

「ほんとだよ。だから、僕みたいな男には佳代ちゃんみたいで年下で、凄く可愛くて、とってもいい子を年上の男としてリードするなんてこと、できやしないよ」

「一つ、聞いてもいいですか？」

「一つ聞いてもいいですか？って、もう色んなこと、もう随分たくさんしゃべり過ぎちゃっているようだけど、まぁ、この際だから、それに佳代ちゃんだし、何でも話してもいいかなって思ってるよ。佳代ちゃんいい子だし、ほんとに内緒にしてくれそうだから」

「じゃあ、この際だから聞かせてもらいたいんですけど、栗山さんの好みの女の子って、どういう子ですか？」

「それがね、分かんないんだよ」

「分かんないって、どういうことですか？」

「だから、今まで二十二年間、女の子と付き合ったことがないから、好きな女の子のタイプなんて分からないし、まだない、って言い方が正確なのかなぁ」

「でも、女の子を好きになったことはありますよねぇ？」

「そりゃ、勿論あるけど、本気で好きになったのは何人かだし、っていうか、せいぜい二、三人、でも、ちょっといいかなぁ、とか、なんかいいなぁ、とか、そのぐらいの気持ちだったら、結構意外とよくあるんだけどね」

「じゃあ、そのいいなぁ、って思う女の子の共通点とかはないんですか？」

「あのさぁ、俺って印象派だから、っていうか、印象派の瞳と少年の心がセットになってるみたいだから、タイプって言われても、ほんとに分からない」

「印象派の瞳と、少年の心ですか？　印象派の瞳って何ですか？」

「あっ、だから、印象派の絵は知ってるよね？」

「はい。モネとかがそうですよね？」

「そうそう、そう！　そういう印象派の絵とかのように仕草とか表情とか、何と無くぼやけて見えたりするんだよね。そういう印象というか、もっと分かり易く言うと、イメージだよね。そういうイメージで、いいなぁ、って思ったり、別にいいなぁとは思わなかったり」

「あたしはどうですか？」

「だから、佳代ちゃんはいい子だし、凄く可愛いし、お利口さんだから、イメージにするまでもなく、いいなぁって思うよ」

「ほんとですか？」

「ほんとだよ。イメージにするのが怖いくらいだよ」

「どうしてイメージにするのが怖いんですか？」

「だって、佳代ちゃんは普通にパッと見ただけでいいなぁって思うし、っていうか、正直を言うと、凄くいいなぁって思ってるよ」

「ほんとですか？」

「うん。だから、イメージにするのが怖いんだよ」

「それをもう少し分かり易く教えてもらえますか？」

「だから、ただでさえ、いいなぁって思ってるのに、結構意外と凄くいいなぁって思ってるのに、それを印象派の瞳でイメージしたら、本気で好きになっちゃうかもしれないじゃん」

「好きになって下さいよ」

「それは怖いね。僕の少年の心じゃ、ほんとに好きになったら耐えられないよ」

「大丈夫ですよ」

「だから、大丈夫じゃないから怖いって言ってるんじゃん」

「大丈夫です。だから、彼女にして下さい」

「やぁ、それは怖いよ。だって、佳代ちゃんのこと本気で好きになって、それから、やっぱり申し訳ないですが、とかって裏切られたら洒落にならないじゃん」

「そんなこと絶対にしません」

「じゃあ、佳代ちゃん、俺をリードできる？」

「それはお互いに徐々に徐々にしていけばいいんじゃないですか？」

「ほらっ、だから、駄目なんだよ。俺はその『徐々に徐々に』ってのが分からないし、たぶんできないと思う」

「それはたぶん、栗山さんがそういうことしたことないから無理って思うだけで、やれば誰だってできることですよ」

「じゃあ、一つ聞くけど、佳代ちゃんセックス上手？」

「それは分かりません」

「分かりませんって、どういうことよ。佳代ちゃん彼氏いるし今の彼氏の前にも佳代ちゃんだったら彼氏がいたっておかしくないし、分からないって言っても俺よりは分かってるはずだし、だから、聞き難い事だけど、正直に、俺だって正直に話してるんだから、佳代ちゃんは女だから答え難い事だろうけど、ある意味、大胆だろうけど、ちゃんと聞いておかなきゃと思って、こういう質問してるんだけど、ねぇ、正直に教えてぇ。セックス、自信ある？それにデートしたり、そういう段取りとかでも佳代ちゃんリードできる？」

「だから、それは『徐々に、徐々に』お互い力を合わせていけばいいんじゃないですか？」

「だから、その『徐々に』ができないから、分かんないから、佳代ちゃんいいなぁって思っても、カップリングとしては俺には到底無理だと思うし、だから、俺には同い年で世話好きな子とか年上の女の人とかじゃないと無理かなぁって思ってるんだけど」

「年は関係ないですよ」

「いやぁ、やっぱり、年は関係あると思うなぁ。俺には年下の女の子をリードするなんて無理だし、それにセックスだって、そういうこと上手な女の人じゃないと、やっぱり駄目なんじゃないかなぁって思うし、佳代ちゃんのこと、すっごくいいなぁ、こんな女の子好きになれて彼女になってくれたら嬉しいだろうなぁって、今まで味わったことのない『幸せ』みたいな気分とか味わえるだろうなぁ、とかって思うけど、色々話してみて、やっぱり僕と佳代ちゃんっていうのは無理なんじゃないかなぁ、って思うけどね」

「そんなこと言ったら私だって自信ないですよ。でも、そういうことはお互いの気持ちがあれば、どうにかなると思います！　それに私だって、彼氏はいますし、今の彼氏の前にも彼氏いたことありますけど、そんな大した付き合いとかしたことないですし、だから、栗山さんと大して変わりません」

「でも、彼氏が今までに何人かいたっていうだけで俺よりは経験豊富な訳で、俺は彼女いない歴二十二年だし、セックスどころかキスもまだしたことないし……」

「あたしも彼氏はいましたが、経験豊富だなんて、そういう経験は私もありません」

「えっ⁉」

「だから、さっきから大した『付き合い』はしたことがないって言ってるじゃないですか！」

「それって、処女ってこと？」

「はい」

「うそおー？」

「ほんとです」

「じゃあ、今までの彼氏とはどんな『付き合い』してたの？」

「だから、大した付き合いじゃないです。私も栗山さんと大して変わりません。だから、一緒に力を合わせていけばいいじゃないですかって思うんです」

「でも、キスしたことはあるでしょ？」

「そのくらいはあります」

「うーん」

「それでも、駄目ですか？」

「うーん。そこまで言われたら俺ももっと正直に話すけど、っていうか、今佳代ちゃんと話してることで充分、他人には言えないようなこと、どんどん、どんどん、しゃべっちゃってるけど、俺には『彼女』ってことになると自分なりの考え方があって」

「それを教えて下さい！」

「うん。俺は彼女は一生で一人でいいんだ。一生で一人の女の子とだけと付き合いたいんだ」

「それって、結婚するつもりがなければ、彼女を作らないってことですか？」

「そう。だから、今まで不器用だし恥ずかしがりやだってこともあったけど、そういう自分なりの考え方っていうか、理想があったから、二十二年間彼女がいなかったのかもしれないし……」

「ちょっと待って下さい。考えさせて下さい。一週間、考えさせて下さい」

「ちょっと待ってよ。そこまで、佳代ちゃんに負担はかけられないよ。まぁ、気にしないで、別に無理しなくていいから」

「一週間、考えさせて下さい」

「だから、考えなくていいって」

「考えさせてもくれないんですかぁ？　栗山さん、せめて考えるだけでも考えさせてもらえませんか？」

「そんな無理しなくていいから」

「考えるのもいけないんですか？」

「うん。まぁ、童貞と処女っていうのは難しいんじゃないかなぁ？」

「私はそうは思わないですけど」

「うん。まぁ、この話は、また今度ね」

「ちょっと待って下さいよう」

「うーん。でも、そろそろほんとに部室に行かないと、今度ちゃんと、この話の続きするから、それによく考えてもみるから」

「なんて、体よく相手にもしてもらえないって感じますけど」

「そんなことないよ、『秘密』ちゃんと守ってよ。それだけはほんとによろしく、佳代ちゃんだけしか知らないんだから」

「はい。それは絶対に誰にも言いません」

「うん。じゃあ、また今度！」

「……はい」

バブルの華盛りし御時《おんとき》

時あたかも昭和元禄の華やぎ大なるも、時代は平成文化文政、しゃれ、こっけいの御時へと移り変わりしバブルの華盛りし御時、満開の物見桜の宴にて、かつて『新人類』と称された、われらが『ラヴ・ジェネレーション』の本格的に恋をする年頃と相成った時分の物語り。

テレビドラマにあったがごとく、『もしも願いが叶うなら』『未来』と書いて『未来《みき》』と読む、主人公の彼女のように、強く生きることで本当の愛を見つけたい。そう思って病み苦しんだ揚げ句の果てが何もなく、ただただひたすら追い求め、求めるばかりに追い求め、やがて、皆という皆が脱兎のごとく大学というところに集結した。

しかりしこうして、わたくしめがごときも多分なる期待を馳せ参じて大学に参った次第でござる。されども恋なかなか容易ならずものなりて、事実は奇なりとは言うめれど、真に真実とは怪しきものなりけり。動乱がごとき色恋の果てに『終戦』を迎えることになり。戦後の復興、未だ足りず、わたくしめがごときにとってのそれは、平和と繁栄の栄華の極みを享受するに至らんやは言うに及ばず限りなり。

時は経ち、三十一才の男ありけり。あはれなりその男、万里はあろうかと思われる長く長い、ひたすら長い真冬のトンネルをくぐり抜けようにも抜けられぬ、迷宮のアンドローラ、『傷だらけのローラ』『君は何故に』と皆目見当も付かずあまりに走りに走り、走っては走り、やがて、疲弊するばかりのあり様。春はまだかと寒空の夜空に星に願いを祈るばかりが日々の続きぬるを、

クリスマス　バレンタインデー　誕生日土曜の夜に日曜日
逢いびきしたい　彼女がいない

週末のデートを楽しみにできたら、退屈な日常がバラ色に染められるのに……とため息をつくわたくしめがごとき。

公にできる彼女がいたらいいのに。

待ち合わせて、静かな大人のムードの香り漂う、土曜の夜。騒ぐだけ騒ぐ、さわがナイトもいいよなぁ。

あぁ〜ん、みんなにえばって紹介できる彼女が欲しぃ。

中学の時、先輩が大人に見えた。男の先輩は怖かった。女の先輩は刺激が強過ぎた。僕は野球少年だったから、女の人とは縁のない世界にいた。友達やクラスメートが楽しそうに語らってるのが羨ましかった。掃除の時間、休み時間、何かと語らってる男女の姿、風景が素敵だと思った。自分もそうなりたいと思っても僕にはできなかった。

だから、二年になって、たまたま隣りに座った女の子と、ちょっと仲よくなって、少しくらい話せるようになったことが、無邪気に嬉しかった。僕が自分が男だと意識するようになったのは、この頃からだと思う。あっ、そう言えば、小学校の高学年の時、貝塚ちゃんが僕のことを好きだと周りから言われて、貝塚ちゃんがそれを否定しないから、恥ずかしい気持ちになったことなら覚えてる。でも、そんなことが分かると、仲良くいちゃついて楽しかったのに、僕は子供心にそんなことできなくなった。卒業するに当たって、担任の川添先生が『クラスの全員に全員が、一人ずつが一人ずつに言葉を贈る』という提案をした。その当時の小学生にとって、その当時の担任の先生は『絶対』だったら、僕らが逆らうのはいけないことだった。だから、先生の言い付けは重っ苦しく嫌だったけど、この『言い付け』はドキドキした。でも、僕はあんまり言いたいことを言えるようなマセたガキじゃなかったから、やっぱりあんまり言いたいことを言えなかったんだと思う。でも、だから、よく覚えてるんだ、貝塚ちゃんの最後の言葉。『なんで急に話してくれなくなったのかなぁ』ってセリフ……と言っても原稿用紙に書かれた文字だったけどね、正確には。その文字に感じられるほど、僕は男の子じゃなかったもんなぁ。男じゃない男に女の気持ちが分かるはずがない！　なんてね。

そう言えば、貝塚ちゃん、高校の時、偶然、久里浜の駅で、バッタリ会った時があったでしょ、なんて、高校生にもなって、僕は黙って立ち尽くしたまま、声かけられなかったね。でも、見てた。そしたら、貝塚ちゃんも、見てたね。実を言うと、あの後、トイレに行って、気合を入れて、戻ったら、もう居なかったね。バカだね。たぶん、貝塚ちゃんは、僕が帰ったって思ったんだろうねぇ。『栗山は、まだ子供だなぁ』って思ったんだろうねぇ。あれから、一度も会ってないねぇ。残念だねぇ。でも、あの頃の思い出は、僕がだんだんと汚れて、どんなに駄目になっても、きれいなんだよねぇ。

ところで、なんの話だっけ。そうそう、中学二年の隣りの席になった、それも偶然なんだけど、こんな僕が話のできるようになって、僕が男だと意識するようになった、そして、相手が女だと意識するようになった、Aさん、覚えてますか？　栗山です！

貴方が、僕の、その当時クラスで一番仲良かったGくんにチョコあげたでしょ。あん時、あんた、泣いてたでしょ。貴方がGくんにチョコあげて、ショック。貴方が即座にフラれて、貴方の涙を見て、またショックでしたよ。今となっては、夏のキャンプで、あんたに私がバンガローで、あんたとあんたの友達とあたいの三人だけが部屋に残ってて、みんなは集会かなんか忘れたけど、みんなが集合しちゃってて、私が布団を被せられて、あれっ、強姦というか、強姦未遂？　というか、あたしがしたんじゃなくて、あたしがされたんだよ。

僕が、強姦の、いや、強姦未遂の被害者で、貴方が加害者でしょ。今となっては、声を大にして、申し上げます、この野郎！　まぁ、僕にとっては、言わば、勲章かなっ？　そう、男の勲章！　そう、あの頃、みんなで、嶋大輔、よく歌ったね。『お前だけアイ・ラヴ・ユー』、みんなで歌ったねぇ。そう言えば、キャンプの時、僕らのクラスが歌ったのは『心の旅』だった。確か桂田さんの提案だったかな？　桂田、元気か？

僕らは、オフコースが好きだった。『イエス・ノー』それから『イエス・イエス・イエス』だとか。

この頃、松任谷由美の『守ってあげたい』が凄くヒットして、僕らはこぞって荒井由美からのおさらいというか、逆上りまでしたもんだった。だから、『あの日に帰りたい』は衝撃的だった。そして、『いちご白書をもう一度』も。

僕が中学三年最後の野球大会で、打ちに打ちに打ちまくれたのは、Aさんから突然来た暑中見舞いのお陰だ。それは僕に対する告白だった。けれども、言わば、過去の思いの告白とでも言うべきか。だから、尚更、真摯に受け止めることができたのだと思う。今でも、話をしなくなった今でも、できれば友達と呼びたいのです。二年の思い出が強く残ってるのも僕のお陰だと、あなたさまのおかげですと書いてあった。ありがとう！　あれで、僕は救われた。そして、優勝できた。大活躍した。僕の野球は、あれで終わった。もう一度、ありがとう！

中三になって、恋をした。初恋だと思う。隣りの席になった女の子だった。中二中三と、結局、二年続けて僕は隣りの席に偶然一緒になった女の子としか思い出を作れなかった訳だから、僕は神様の計らいに感謝します。

仮にその女の子をNさんと呼ぼう。Nさんは僕にクッキーを作ってくれた。土曜日の放課後に、一人誰もいない教室で、しかも木造校舎だったけど、クッキーを食べた。僕は田舎に住んでたから、海と畑に囲まれた温暖な地に、恵まれた環境の中で育った。僕らは砂浜や段々畑の中の畑道をランニングして、サボる時は、みかんをとったりあけびをとったり、すいか割りしたり、海で泳いだりした。随分呑気で長閑だったなぁ。あんな生活もうないかもなぁ。なんてね。それで、クッキーをくれたNさんを思いながら、一人誰もいない木造校舎の片隅で、僕はクッキーを食べた。少しずつ大切に、大事に大事に食べた。あまりおいしくなかった。だから、余計嬉しかった。なんてね。

修学旅行で、Nさんは僕に百円玉を手渡しして、

「あとでジュース買って来て！」

だってぇ。

「ジュースどうすればいいの？」

「部屋に持って来て！」

僕はびっくりして、うん、と言った。部屋って馬鹿なこと想像しないでよ。中学生なんだから、勿論、何人かで一部屋なんだからね！　だから、だから、嬉しかった。何故って、それって、公認、みんなに公認ってことでしょ。百円玉を握り締め、いざ、自動販売機目指して、いざ、いざ、とこれがまた先生に見つかって朝まで正座させられて、結局、部屋には届けられなくて、次の日、百円玉返すのに罰が悪かった。

生まれて初めてのデートらしいデートは、あまりデートらしいデートではなかった。公園で待ち合わせして、海を散歩して、石投げて、歩いて、そう田舎だから、初デートは海しかないんだよね、他に行くとこないし。でも、でも、海がきれいだった。いい天気だった。帰りに友達の集団に見つかって、慌てて隠れた。でも、見つかってるから、僕だけ出てって、秘密にするつもりが脅されて白状しちゃって、また罰が悪かった。付き合ってんの付き合ってんのと、凄い見幕で聞かれて、必死に否定した。でも、本当に、そう言えるほどの付き合いじゃないのに、必死に慌ててびっくりしながら否定する。なんかいいなぁって今ならそう思える。いや、その頃も、正直、まんざらでもなかったのかもなぁ。なんてね。

帰り道、年賀状を出してくれると言われた。

「あぁ〜、それ言ってほしくなかった」

「じゃあいいよぅ。出さないから」

「そうじゃなくって、言わないで出してほしかった」

「だってぇ、突然だと……」

「突然がよかった」

それから、

「あたし、もうじき誕生日なんだ」

「そうなんだ」

「うん、プレゼント、もらうんだ」

「誰から」

「お父さんから」

なんてのもあった。お互い、素直じゃなかった。でも、僕は子供だった。Nさんは、たぶん女の子だった。

ある日、自転車置き場で、二人で話していた。そしたら、雨が降って来た。僕は、その時、濡れた髪の女の子はきれいだと思った。美しかった。Nさんは、家が近いからと、僕は玄関のところで、タオルを渡され、嬉しかった。それから、帰る時には傘を渡され、青い傘だったけど、返さなくてもいいと言われたから、それから何年も大事に大事に使っていた。僕の宝だった。

僕は結局心に決着を付けないまま、中学を卒業した。けれども、高校がある。新たに高校での生活が待っていると、何かしら爽快な気分になって、卒業した。

高校に入って、とにかく一番のビックニュースは、ゴールデンウィーク。恋の初歩も知らないまま、初体験です。友達の親戚のお兄さんで、その人が僕と二人で夜の海を散歩していたら、別にやましい気持ちはなかったんです。僕らにとって、何も海は特別なものではなかったんだから。その人が女を二人ナンパしちゃって、僕は積極的に話に加わっていた訳でもないのに、勝手に話がついちゃって、僕にも割り当てが来ちゃって、それで、したのです。僕にとって、このことが、やがて、えぇっと、なんて言うか、そのぅ、要するに、恋の初歩も分からず、段階も踏まず、そこまでしちゃうと、その後、苦労しました。僕の恋愛での労苦は、それから端を発しているのかもしれない。一時期、ナンパばかりするようになったり。でも、思い出しちゃった。Nさんのこと。丁度偶然たまり場の喫茶店でね、バッタリ出くわしちゃってね。いきなりマッチをすって、僕に火を点けてくれた。それで、僕の火が点いた。危ないよね。危険だよ。でも、それから家で寝転んでばかり。苦痛だよ、胸の痛み。恋煩い。みんながセッティングしてくれて、でも、約束の時間に、約束の場所には行けなかった。酒をガブガブ一気しちゃったら、気が弱いよねぇ、そうでもしなけりゃ、度胸もなくてねぇ、それで、倒れてしまったのだ。僕は敗れた。でも、傘だけは使い続けた。僕が浪人して、それでも使い続けてた、その頃、たまたま電車で一緒になって、それで、まだ使ってるのが知られたくなくて、と言うか、何だか恥ずかしくなって、と言うか、焦っちゃって、とにかく電車の中に、そのまま傘を置いてきてしまった。あの傘、もったいなかった。残念。

大学に入って、一年間は楽しく過ぎたのかなぁ。まぁ、今までの男だけの世界から、女の子が自然と、いつも男と女が交ざってるのが当たり前となって、あぁ、あの娘、いいなぁ、隣りに座りたいなぁ、なんて、みんなでお茶したりする時なんかは、そんなこと思ったりした。たまに偶然があると無邪気に喜んだ。でも、そんなに偶然が毎度毎度重なるはずもなく、ある日、運を天にまかせて、荷物だけを置き、あとはトイレに入って、祈る。この他力本願作戦が功を奏し、神の見えざる手は計らいをしてくれた。それ以来、毎度毎度この作戦がうまくいった。時には僕の荷物が動いている時があった。とにかく嬉しかった。僕には、もうこの作戦しかないと思った。あとで知ったが、それは偶然ではなかったらしい。フフッ……。

それから僕らはよく女の先輩たちにも遊んでもらった。先輩たちが遊びに連れてってくれた。楽しかった。なんやかんや遊び続けて、そのまんまオールナイトしたり、スキー合宿の時、やたらとスキーが面白くて、スキーが好きになったりした。僕はそのスキー合宿で、この人の言うことを聞いていれば間違いないと崇めていた先輩と、なんとなくいい感じになって、それを切っ掛けとして、前から一度お願いしようかと思っていたことを、本当にお願いしてみるつもりになった。何のお願いかと言えば、それは『お願いします』と頭を下げるお願いを本気でしてみる気になったということだった。

僕は童貞じゃなかったけど、事実上の童貞だった。

何故って、確かに僕は初体験をしたけど、でも、あとで分かったんだけど、その時は、ちゃんと『はまってなかった』し、つまり、入れてなかった訳だし、自分で口説いた訳でもなく、女の子をデートに誘うことも電話することもできなかったたし、僕の『初体験』は友達の親戚のお兄さんがナンパした訳で僕がナンパしたんじゃない。

つまり、総合的に考えると、僕はやっぱり事実上の『童貞』だった訳だ。

したいのにしたいと言えなかった。極度の恥ずかしがりやでやりたくてもやりたいと言えなかった。

女の子に包茎とかインポとか疑われることが度々あった。そのくらい僕は臆病で女の子がそのつもりでそんなつもりを女の子の方から露にされてもしびれを切らしてしまっても、『やりたい』と、本当はやりたいのに言えなかった。トラウマもあった。さっきも言ったけど、強姦されそうになったことがあって、中二のキャンプの時、バンガローで女の子にジャージをお尻から脱がされそうになって、必死に抵抗した。僕がエッチについて、少しでも知識があれば、初体験の絶好のチャンスだったのに……今にして思えば、恥ずかしくて嫌がってるふりをして、ジャージもパンツも嫌だやめてと脱がされてしまえばよかったのだ。でも、その時の僕は中二にもなって一度も一人エッチをしたことがなかったから、この続きをすれば凄く気持ちよくなれたのにぃ〜……なんて分からなかった。

本当に何でこんなことされるのか分からなかった。トラウマになってしまった。その後、チャンスは幾らでもあったのに、僕はできなかった。怖かった。恥ずかしかった。でも、一番セックスしたい時期に一人エッチばかり何度も何度も一日に何度もしていた。チャンスが来るとおびえてしまった。バカだ！　僕は間抜けだった。女の子に恥をかかして、僕も恥をかいてばかりいた。結局、二十七歳まで童貞だった。しかも、最後の最後で妥協してエッチしちゃったから、全然気持ちよくなかった。今でも悔しい。もっと、いいチャンスが何度も何度もあったのにぃ〜。

石神信子さん。
貴女が私の本当の初恋の相手だったのかもしれない。

確かに僕は幼稚園の時、小川紀子ちゃんが好きだった。中三の時、中野さんが好きだった。中二の時、安藤さんに引かれた。でも、僕が病み苦しみ、女の子を必死に思い、焦がれ、自らの気持ちを必死に抑え、自ら抵抗し、煩悩と闘い、敗れ去り、貴女が好きだと、凄く好きだと自覚せざるを得なかったのは、その初めては、石神信子さん！　貴女です。君はね、……と僕に語り掛ける貴女に恋をした。君はね、……本当は、君はね、……。

横浜から小四の時、貴女は我らが三浦海岸に引っ越してきた。都会の香りがした。赤いTシャツを着て浅黒の肌に高原へハイキングに行ったのかなぁ～と思わせる品のよさを感じた。「今度、引っ越してきた、石神信子です」。一目惚れだった。

衝撃だった。センセイショナルに貴女は突然現れた。素敵だった。脚が速かった。痩せてるのに肉付きがよく、漢字が得意で勉強ができて、先生にほめられて少年たちの注目の的となり、ヒロインだった。皆が憧れたが誰も貴女に手が出せなかった。

今で言う、才色兼備な女性で、小さい顔が笑むと可愛かった。大人っぽかった。大人気だった。僕は貴女に優しくされてもいたずらをしたり、時にはいじめたり、そんなことでしか愛情表現できなかった。貴女と結婚すればよかった。女って、色褪せるもんだけど、石神信子さん！　貴女は決して色褪せない。　石神信子さん！　貴女の初恋は僕だったんですか？

プライベイトは、いつなの?

私が純を見付けたのは、今度彼女ができたら絶対に結婚しようと固く決意をしてから、そうでないなら彼女になんかはするつもりがないと、それでも、この女なら、と自分でもそう思えるような、そんな女にはなかなか出会えずにいて、そろそろ諦めかけている頃のことだった。私は純に感じるものがあった。そうかと言って、純が結婚するのにふさわしい女だとはとても思えなかったのだが、純は私が逢いたいという衝動にかられてしまうような女だった。要するに、私はいい歳をして、まだ若い小娘に恋をしてしまったのである。

純は、その言葉を借りれば、「あたしは誰から見ても可愛い、っていうんじゃないから。個性的、っていうの？　そんな顔してるでしょ」ということだった。

確かにそれはそうなのだろうが、私にしてみれば、私は純が好きだったから、他の誰かがどう思おうとそんなことは関係のないことだった。ただ純にしてみれば、それは大きな問題だったのかもしれない。何故なら、純は夜の女だったから。

私は純を眺めながらに酒を飲んでいるといい気分になれるのだった。

それに、純ほど私の酒量の加減を知っている者はいなかった。純は私より、本人である私よりも私のペースが分かっていた。私にとってはこれ以上にはない位にまで、飲み口のよい、水での割り具合を心得ていた。その点はさすがにプロだと思った。

まだ知り合った当初の頃に、純が私にウーロン茶を何杯も何杯も飲ませたことがあった。あとで考えてみれば、もう少しでも酒が入っていたなら、吐いてしまいそうなところだったと思う。そして、それ以来は純が私の酒量とその加減とペースを間違えたことは一度もなかった。だから、私は純と一緒にいる限りは安心して酒が飲めるのだ。それで、余計に気分よく純を眺めていられるのだと思う。酒と女がこれ程までにいいコンビネーションであるからこそ、今の私は何とかやっていけるのかもしれない。そうでなければ、私はとっくの昔に駄目になっていたのかもしれない。純と知り合う以前の私は何の目的もなくて、ただその日暮らしをしていただけだったのだから、正直を言えば……。

もしかしたら、私は単に疲れているだけだったのかもしれない。それでも、私は、それならそれでそれでも好きなのだから、それはやむを得ないことだ、などと変な割り切りをしている。ただ純に対する気持ちはなかなか割り切れるようなものではないけれども。

私は純を自分のものにしたくてたまらない。純を縛り上げてしまいたい。拘束したい、完璧に。心も体も、純のすべてが欲しい。純を我がものにしたい。純を支配したい。

ところで、私と純が知り合ったのは、ほんの些細なことからだった。

年の暮れも迫った時分に同窓会があって、中学時代の野球部の時のものだったのだが、皆それぞれにそれぞれそれなりの事情もあったのだろうか、二次会が終わると、私ともう一人だけになってしまい、そのもう一人が商売をやっていて羽ぶりがよく、金のことなんか気にしなくてもいいから、もうちょっと別の所に飲みに行かないか、と持ちかけられ、私も何だかこれで終わりにしてしまうには、もうちょっと飲みたいなぁという気分だったので、それに財布の中身を心配する必要もないとくれば、その誘いに応じない訳もなかった。

そして、彼は女の子の付く所でないとつまらないと言いだし、それで三軒ほどはしご酒をして、私は仕事の帰りに上司に連れられて同僚達とそういうお店に行ったことがある位で、プライベイトではそういう所に行ったことがなかったので、全然知らない女の子達と浮ついた戯言を交わしてるだけで、とっても楽しめることができた。でも、こういう遊びが病みつきになってしまったら、というような不安を抱かなかった訳ではないのだが。

それで、三軒はしごをしたと言ったが、そのうちの一軒にちょっと変わった感じの娘がいて、それが純だった。

純はその店のママさんに紹介され、「純です。よろしくお願いします」とハスキーな声で現れた。背が高くてやせていて顔は真っ白だった。あとで聞いたら、酒が入ると白くなるということだった。その時の私はとりわけ美人だとは思わなかったが、変に浮ついた、普通、こういう所にいそうな、「何々です。よろしくお願いしまぁ〜す。えっ、どうしたんですか？何か盛り上がってませんねぇ」といきなり口にするなり、強引に割って入って来るような、不自然なまでに笑いを作っていくような、純はそんな娘ではなかった。

純は多少遠慮勝に、ソファーからその華奢な体を折りたたむようにして、私の隣りに腰掛けた。かしこまって行儀よくしていたが、それでも、随分と長い脚をしているため、机を跳び越える位にひざがとんがっていた。私は私の目の前に跳び込んで来る、そのきれいな脚に、まず、気をとられた。そして、自分からはなかなか話を始めようとはしない、それでいて、自らの肉体の美のためから傲慢にふる舞う訳でもなく、静かにつぐんでいる、その小さな口の控え目な可愛いさに、まじまじと目をやってしまっていた。それから、上向きになると余計に切れ長になる、その二重のまぶたから覗ける瞳の丸っこさに、ほとほと、まんじりと可愛げを見いだしていた。ただ、かしこまって行儀はよくはしていても、それでも、その背の高さのせいだろうか、猫背になりがちな姿勢を残念に思った。それは、私がいちいちなんだかんだと、金を払ってるんだからと高慢ちきに文句もたれたくもなるという訳ではなく、こんなにいい素材をしているのにもったいない、あぁ、もったいないと嘆きたくもなるような心持ちだったからだ。

後日談になるが、私は純に、

「せっかくそんなにスラッとしてるんだから、もっと背筋を伸ばせばいいのに」

と、それでも、納得のいかないような口調で応対する純に対して、

「だから、スタイルのいい女が姿勢を悪くしてると余計に格好悪く見えるんだよ」

と強く言っても、純は、

「それはハト胸だったら、そうかもしれないけどぅ」

とか何とか随分と自分の胸に自信がないようなので、

「だから、姿勢をよくしていれば、胸が大きいとか形がどうのこうのとは関係なく、格好よく見えるんだってばっ！　特にスラッとしている女は姿勢をよくしていれば、胸が小さくったって、それが逆に武器になるのっ！」

って何だか怒鳴っちゃったんだけど、それを聞いてたママさんも、

「そう。ほんとにその通り。そうだよ、純ちゃん」

なんてこと言ってくれて。そしたら、純も何となく分かったような、分かってないような様子ではいたんだけれど、その後の純はその姿勢で胸を武器にしているような、ひきたたせているような案配だった。それを私はほれぼれと見とれながらも、

「姿勢、よくなったね」

などと、それ以上のことは誉められず、やはり照れというものがある。

それで、話を戻すと、純を初めて目にした時の、その日の私はもうすでにだいぶ酔っていて、あんまり確かな記憶——どんなことをしゃべったか、とか、どんな具合に仲よくしていたか、とかということ——は残ってはいない。

きっと、偶然に純と再会していなければ、そのまま忘れ去ってしまっていたのかもしれない。が、しかし、その後の私の純に対する溺愛ぶりからすれば、余っ程、その時の私は飲んでいたのかもしれないし、というよりも、このような席でのことは、本当に、その場限りのこと、ほんのひと時の戯れ、としか考えてはいなかったためだろうかとも思える。

ひとつ、純が口にしたことで覚えていることがあるとすれば、それは、

「あたしはこういう仕事をしているのに人見知りしちゃうから」

「じゃあ、何で俺なんかとは、こんなにたくさんしゃべってくれるの？」

「それは、しゃべり易くしてくれるから。うん。こんなに話し易い人って、あたしがこういう仕事を始めてから、本当に滅多にいないもん。初めてかも。今までにいなかったかもしれません」

「そうぉ？」

「うん。ほんとに。それは本当にお世辞じゃなくて」

とか何とかというようなことだった。

これは、今にして思えば、純がこの世界で生きて行くための術だったのかもしれない。でも、ひょっとしたら、私をひきとめようと、そうしたのかもしれない。そうだとしても、それも術だったのかもしれない。けれども、私にだけは、と、そう思えないこともなかった。それも、そんな気にさせるのが術だったのかもしれない。

こんなことを考えていると、どこまでがほんとで、どこまでが嘘か？　いつまでが仕事で、プライベイトは、いつなの？　と聞いてみたいものだが、私にはそんな勇気はない。ところで、純を華奢だと言ったが、それは私の思い違いだった。

純は確かにやせてはいたが、骨格は意外とシッカリしていた。初対面の時は、今言ったような事情もあり、見ているようで、あまりちゃんとは見てはいなかったのだろう。が、背が高くて骨格がシッカリとしているからこそ、やせてはいても、純はいい肉付きをしていたのだろう。それが、また、私の好みでもあった。

何だか、こんなことを話していると、私がただの助兵衛親父のようにお思いになられる方も、多分に沢山おられるのだろうが、私はただの助兵衛でもなければ、親父でもない。

実を言えば、まだそんなに歳を食ってる訳でもなければ、ただの助兵衛でもなく、そうかと言って、自分が助兵衛であることを否定している訳でもない。

私は多少変態じみているか、もしかしたら女というものに、或は、性というものに、柄にもなく幻想を抱いているかのどちらかなのかもしれない。

私は純と南の島で、お日様が出ている間は露出度は多くてもいちゃつくだけで、いくらエッチがしたくなっても、その時の夜が来るまでは、たまりにたまっているものをためるだけためておきたい、楽しみは残しておきたい、けれど、その時の、その、はちゃめちゃにエッチをすることを思うと、我慢ができなくて、でも、その時までは純に指一本触れるつもりがないのだから、ひとりで悶々としながらも、ひとりでエッチをして、我慢をするつもりでいる。けれども、純を想いながらのひとりエッチが、実は、これがなかなかいい気持ちなのである。

しかし、私がこんな助兵衛根性からくる夢想を抱くようになったのは、純の水着姿を目にしてから後のことである。それ以前の私は純粋に、この可愛い娘を大切に大事に大事にしていたいだけだった。それは、無論、今でも大切に思ってはいるし、実際、そのように接しているつもりでもいるのだが、今の私にはそういった煩悩がある。それが、また、私の純に対する割り切れない想いを膨らませるのだろう。そんな私の胸の内を知らずにいるのか、或は、知っているからこそ、わざと私を刺激しているのだろうか？　純は私を揺さぶるのである。

純は夏を前にして、今、おへそに穴をあけてるの。早くビキニになりたいから。でも、かゆくてかゆくて、などと口にしては跳ねるようにしていた。それから、あたしは一週間でやせられるから、と自慢げに話してきかせるのだった。

だが、実際には純がその肢体を私の目に触れさせた時、その肉体ははちきれんばかりの凄いものだった。純が自分のそれをどう見なしていたかは別として、立派な色の気をプンプンと匂わせているものだった。が、その、せっかくの立派な体を堂々とはさせずに、純はその大胆なカットのビキニ姿を恥ずかしく思っていたようだ。

ところが、私と純は仲違いをしてしまっていて、真夏の果実を楽しむはずの頃には全く接触がなかった。

それでも、やっぱり私が純に逢いたくなって、連絡をとり、突然、その日海に行くことになっていた純の所へと駆けつけたのである。だから、純にしてみれば、その姿を見せるつもりで見せた訳ではなかったのである。それで、純は合わせるのにも合わせずらそうな顔をして、

「太ったでしょ。やせなかったんだ」

と、少しばかりしょんぼりして、言いにくそうにしていた。

純との出会いはその後、私に大きな影響を与えたのだが、人生の出会いがたいていそうであるように、私はその出会いそのものを、その時にはたいして重くは考えていなかった。だ

から、純が帰りの際、あたし、この店は今日でやめるんです。でも、何だかカタカナの別の店でも働いていて、今度はそこに来て下さい、一生懸命に何かをお願いしているようではあったんだけど、私には関係のない世界のことだから、と、もう二度と来ることもないだろうと思い込んでいたから、適当に受け流してしまったのである。

だから、縁というものはあるものなんだろうなぁ、と、不思議に思わずにはいられないのである。

何故って、それから、年が明け、二月になり、私はある友人には、あぁ、どこかにいい女いないかなぁ、なんて愚痴をこぼしたりしていたからである。今度彼女ができたら絶対に、どうか神様お恵み下さい、とでも心底お願いしたい位な心境の私だった。

ところが、これがまた中学時代の野球部で一緒だった、暮れの時の同窓会には参加できなかった昔の仲よしと私と、もう一人の仲よしと、その三人で飲んでるうちに、カラオケに行こうということになって、ところが、ところが、もう一人の仲よしが、「もち合わせがないから、カードの使える所でなければ」ということになり、それで、ちょっと高くつくかもしれないけれど、そういうお店に行ってみるか、ってことになり、それで、どこかで見たことあるなぁ、でも、知らないはずだよなぁ、でも、可愛い娘だなぁ、なんて思ってたら、向こうの方から、

「逢ったこと、ありますよねぇ」

とか、いきなり言われたもんで、びっくりしたけど、嬉しかった。それはその時に本当にそう思えたのを今でも覚えている。何という偶然だろうか！　偶然にしてはそれにしてもすごぉ過ぎるぅ～。凄い！

それで、私は純とすぐにその場でうちとけることができた。それでも、お互いに気遣うようなところもあり、相手の反応をみながら、次の言葉を探すのにも慎重になったりと、私は純を、こっちは金を払っているんだから、存分に楽しませてくれなければ、と、それが当り前だろ、というような、別の目でみているようなことは全くなく、普段、女の子と知り合った時と同じように、或は、それ以上に親切に、仲よくなりたいから。私はすでにその頃から純にひかれるものがあったので。

それから、純は私のリクエストに応えてくれて、『未来予想図』を歌ってくれた。それはこの歌をあまり歌い慣れたものではなかったので、そのことがまたより一層、私を喜ばせてくれるものとなった。一生懸命に一言一言ていねいに口にしているものだから、私は純がとっても愛らしく思えて、いい子いい子と、その頭をなでてあげた。もっと近づいて、もっと触りたいとも感じたけれど、スキン・シップ、そう、スキン・シップだよ。そんなに凄いことはできないよ。それに、私の、純をなでる手の平はくすぐったくもあり、その腕はぎこちないものだった。そして、何だか私は緊張していた。そんな私と純との接し方が周りからはそ

んなに親密に思えるものだったのだろうか。純の仕事仲間には、

「知り合いなの？　前からそんなに仲よかったの？」

などと質問されて、私は悪い気がしなかった。純は純で簡単に私とのいきさつを説明していた。それがまた悪い気がしないものだった。

私はいい気分でいたのだが、そろそろ閉店のような気配になってきて、急に落ち着いてなんかいられなくなった。すると、純は私に名刺をよこした。私はもっと一緒に逢える機会が欲しかったから、

「裏に自宅の電話番号は書いてくれないの？」

と、押してみた。そしたら、純はスラスラとメモしてくれた。私が、電話した時、別の誰かがでたら、なんて言ったらいいの？　とそれを心配顔に言うと、あたしの部屋にある電話だから、あたし以外にはでない、と安心させてくれた。そこで、ここは言わなければ、と、私はその時の正直な気持ちを声にして、

「まだお店がやってるなら、このままここで君と話ができるだけで、それだけでもいいんだけど、もう終わりなら、どっか別の所で、どこでもいいからもう少し話していたいんだけど」

と、もう一度押してみた。恐る恐るだったけど、もう一歩、もう一歩とよい返事を心から期待していた。すると、

プライベイトは、いつなの？

「二時位までだったら」
と、あっさりＯＫしてくれた。それで安堵した。

少年

変な話だが、私は、女の子に「赤飯炊いたのいつ？」などと平気な顔をして尋ねることがある。どうしてそんなことに興味が引かれてしまうのだろうかと考えてみたのだが、それはそれで済んでしまうのかもしれない。

けれども、色々と考えを巡らしているうちに、ただ単にそれだけではないことに気が付いた。恥ずかしい話で、と言っても、初めからよくもそんな話を臆面もなくすることが出来るものだと言われてしまえば、私はゲラゲラと笑ってしまうだろう（それも可笑しな話だ）が、私は中学の時に教室中の皆に大笑いされるようなことになったことがある。どうしてそうなったのかと言えば、それは、私がそれ迄一人エッチをしたことがなかったという事実を何不思議なものかという面で友人達の前で白状してしまい「何でしたくならねぇんだよ」だとか「変なの」なり「くり溜まってんじゃゃねぇの」なんて周りの皆からゲラゲラと笑われてしまい、色々とあれやこれやと変な想像をされたり、興味本位でギラギラとした目で見られたりして、仕舞にはそのうちの一人が天井に向かってわざと皆に聞こえるように、

「くり、一人エッチしたことないんだってぇ！」

と大声を張り上げたものだから、教室中にどっと笑い声が響き渡り、それから男どもはむせ返るようにしながら喉を詰らせて顔をくしゃくしゃにしていたり、女の子達の方はというと、今にして思えば、ニヤニヤとしながらも奇妙な目を私に向けていたりしていたのを覚えている。

それで、私はと言えば、どうしたの？　皆どうして笑っているの？　といった具合に何が何だか訳も分からず、すました顔をしていたに違いなかったと思う。

こんな馬鹿な話はないだろうと思うし、きっと、私は、その時、他人から見れば馬鹿面をしているように思われていたのかもしれない。

その後は「くり、一遍やってみろよ」と言われたものだから、私は「何で？」などと馬鹿の上に又馬鹿を塗りたくってしまうようなことを言ってしまい、隣に座っていた、当時、仲の良かった女の子には、肩を揺すらせて口を押さえながらも指の間から、ひゃっひゃっひゃっひゃっといった笑い声が漏れて来て、じろりとエッチな流し目をされてしまった。

それも、又、今の私だからそれと見当のつくだけのことで、今の私だったら、

「じゃあ、しごいてよ」

位のことは言えたかもしれない。

それから、又、当時の私を訳分かんなくさせたのは、

「どうしてやりたくならないの？」

という言葉だった。それで、私は、

「どうしてやりたくなるの？」

と聞き返してしまった。すると周りは又大きな笑い声を上げるのである。ほんとに子供だね、って。

そして、それを聞いたそのうちの一人が、

「分かった！　やったことないからやりたくなるっていう気持ちが分かんないんだ」

などと発見発見という案配で私に指差すのである。又、馬鹿な私は、

「やりたくなる気持ち、ってどんな気持ちなの？」

などと大ボケをかましてしまうのである。

「だから。はぁ〜っていうか、あぁ〜っていうか」

「それって、どんな気持ちなの？」

「ハッハッハッツ、駄目だこりゃ」

「だから、どんな気持ちなの？」

「だぁかぁらぁ、あぁっ〜ていうか、は、はぁっ〜ていうか」

「それじゃあ、わかんないよぉ」

これでは話にならない。大笑いされるだけのことである。

私にも潜在的に性的欲求があったのは確かなことで、当たり前のことだが、それが、芽生えて来た、というか、刺激が加えられたのは中学に入学してからのことだったと思う。

勿論、それ以前にも、勃起したり、女の子の方に目がいったりすることはあることにはあったのだが、中学に入学してからの衝撃に比べたら、それはただの『笑劇』とでも形容すべきか、兎に角、胸が弾ける、というか、カリカリが火照って来る、とでも言うべきか……。

女の上級生がTシャツ姿で横を通り過ぎたりする時の興奮といったら、裸体の咲き乱れる花園に放り込まれたような気分で、歩いていくうちに間近に迫って来る『上級生』という名の女体に跳び付きたくなる衝動は、純真で無垢な少年の頃だけに感じる、その瞬間の甘味を味わえるのであらば、どんな行動に走ってしまうのだろうか想像さえつかない。実際はそれ程想像に難くなく、そしてそんなことはこんな私でも恥ずかしくて口に出せない。

そして、是が非でも付言せねばならぬことは、その頃の私はその始末の仕方を、一人ですることは勿論のこと、相手があってそうすることでさえも、正直に話せば、知らなかった。

更に、私は、パンツの伸び縮みで圧迫されて閉じ込められ、そして、塞ぎ込まれてどうにも仕様のない、あれの動きのどうにも開放のされない状態に、不自由と窮屈を感じながら、悶々としたままの複雑でもある曖昧さのうちにも甘味を覚えていくようになり、そして、夜になると、ひとり、静まり返った部屋の中で、誰に教わるということでもなく、それを脱いで、或は、膝のところまでずり下げてしまって窮屈を取り払い、ひんやりとさせられたそれを眺めていたり手で触れてみたりさせて、時には布団の中に潜り込み腹ばいになってそれをこすり付けたりしながら、知らず知らずのうちにもピストン運動をしていたりするようなことがあった。

それでも、その続きをしていけば白いものが出て来るなどということには気付くはずもなく、ましてやしごくというアイデアなんぞ知る由もなかった。

ただ、邪魔を取っ払いたくなり脱ぎたくなるという抑えられない気持ちは本当に自然なものであった。

「じゃあ、くり、夢精したことあんだろ」

「ム・セ・イ？　何それ？」

「全然やってなくて、それで夢精したこともねぇのかよ」

「だから、それって何？」

「だから、くりだって嫌らしいこと考えたりすることあるだろ」

「えつ、ぁ、ぅん」

「あるだろ。そうだろ。そりゃそうだよ。くりだって男なんだから」

「じゃあ、女は嫌らしいこと考えないの？」

「ハッハッハッハッ、馬鹿、くり、女の方が全然嫌らしいんだぞ」

「そうなんだぁ」

「当たり前じゃねぇかよ」

「そんなことないよ、ひゃっひゃっひゃっ」

「嘘付け、お前がこん中で一番嫌らしい癖に」

「そんなことないよ、何言ってるの」

「ねぇ、どっちの言ってることが正しいの？」

「あたし、あたしの言ってること」

「馬鹿野郎、お前なんか毎日家帰ってやってんだろ」

「えっ、何を？」

「お前、しらばっくれるのもいい加減にしろよ」

「えっ、何が？」

「何がって」

「だって、そんなこと言える訳ないでしょ」

「ねぇ、何の話、してるの？」

それで、私は、夢精とはどんなものであるかを知ることになり、胸の内には秘められた喜びを感じながら、何日か経って（それを体験するということにでさえ、私は好奇心がうずきながらも幾日かはその気持ちを抑えてみようという気持ちも働いていたし、又、楽しみはなるべく後にとって置きたいという、ちょっとした、もう少し我慢してみよう、というような遊び心も湧いて来たりしていたのだが）、一度、寝る前にエッチなことを想像出来るだけ想像してみて、それから、布団の中に入ってみることにしたのである。


「ねぇねぇ、昨日、夢精しちゃった」

「くり、夢精するってことはそんな大きな声で言えることじゃないんだぞ。夢精するなんて恥ずかしいことなんだぞ」

私は、折角自分も皆と同じようになれたのにという気持ちが湧き上がっていたのだが、又、それを早く皆に知らせたいという気持ちで一杯だったのだが、その気持ちはその一言で片付けられてしまい、私は何とはなしに萎縮させられてしまった。

そして、又、どうしてなんだろう、という疑問ばかりが残るのであった。

それで、私は一時期、一人エッチというものを試みてみようということを躊躇《ためら》うようになってしまった。

それから、実際にしごいてみるということをしてみたのは、数ヵ月後の中二の秋になってからのことであった。

その時の感動といったら、これは今の私だから思うことであるが、それに関する何の知識も経験もないままに、勿論、一滴も零すことのないままで、それの上手な女の人にやってもらっていたならば、どんなに興奮していたのであろうか、又、どんなに気持ち好かっただろうか、などと思うのである。

それで、私は、自分に息子が出来たのであれば、何も知らないうぶなままで色気のある、そして、それの上手な女の人を与えてあげたらどういうことになるのかと思ったりして、実際、それを行動に移してしまおうかなどと変態染みた考えを持っているのである。

又、その相手が自分の女房だったとしたら自分も楽しめるのではないかと考えてみたりもすることがある。

そして、勿論、私に娘が出来たのであれば、何も知らないうぶなままで嫁に出してしまおうかとも考えてみたりもするが、自分が全てを教えてしまおうかとも考えているのである。

事実、私は、自分に娘が出来たのなら、毎日一緒にお風呂に入って、身体を洗ってあげたりマッサージをしてあげたりしていきながら、女の喜びを徐々に芽生えさせてあげようかとも思っている。

それから、休みの日には、一緒に肩を組んで街を歩いてみたいという願望さえ持っている。

但し、私は、私の女房が私の息子を優しく包み込んであげるということには抵抗はない（是非ともそうしてあげて欲しいし、又、それには私なりの考えがあって、それは、自分の息子がそういう年頃になってさえいたとしても、その位の年齢の少年が引かれてしまうような女房であって欲しいと、実は、思っているのである）が、私が私の娘に入れてしまうということには抵抗感を持っている。それでも、処女のままで焦らすだけ焦らして置いて、それでいて、その続きをしたのであればこんなものではないという知識だけはたっぷりと叩き込んで、それで、その状態にどうしても耐え切れなくなってしまったのであれば、その場で嫁に出してしまおうかとも考えているのである。


僕は、野球少年だった。

坊主頭にして、玉拾いばかりさせられて、先輩の荷物を持たされて、毎日毎日がそんな退屈で嫌で窮屈なことの繰り返しだった。

それでいて、ストレスを発散出来る場も術もなくて、僕は、学校生活そのものが、そして、日常生活に迄それが及んでしまい、我慢を強いられることばかりの連続であった。

それでも、毎日、素振りとランニングだけは欠かさず行っていて、それから、一日三十分だけは勉強をしていた。十分は英単語を覚える為に使い、十分は数学の公式を覚え、それを使って解く計算問題を二〜三問取り組むことに費やし、あと残りの十分は国・理・社のその日習ったことの復習をノートに目を通すだけで済ませてしまっていた。

普段、勉強の方はその程度のことしかやれる時間がなかったものの、たとえそれが一日たった三十分程度のものでしかなかったとはいえ、そんな毎日の積み重ねがあった為に、試験になれば部活動の方は休みになっていたこともあり、僕は、その短期間の間で試験勉強を集中して行うことが出来、成績は常に学年でトップクラスだった。

もしかしたら、そのこと自体が、その当時の僕のストレスを発散するものだったのかもしれない。

このことは、今の僕が考えてみても信憑性のあることのように思えて、何故なら、二年生になって先輩の数が減って来たり、僕もキャッチボール位はやらせてもらえるようになった頃には学校生活も楽しいものとなってきて、それから、家にいてもゆとりのようなものが感じられるようになってきた。

それで、隣りにした女の子たちと授業中や休み時間や掃除の時間におしゃべりばかりをするようになって、何か、いいなぁ、などと、それは、恋と呼べる程のものではなかったが、そういう気持ちになったりして、それから、学校の帰りがけに一緒に自転車の二人乗りをして海辺の海岸通りを走ったりして、その時の胸のときめきと潮風の心地良さは、今以てして忘れることが出来ない思い出として、時折、散歩がてらにその辺の辺りをとぼとぼしたりすると、思わず笑んでしまったり、ただ、その子には、僕は、学校でキャンプに行った時、皆が集会か何かで集まっている間に、その子とその子の友達と僕だけがバンガローに残ってしまっていて、それで、何気のない会話をしていたのだが、その会話が途切れてしまってしばらくの沈黙のうちからいきなり跳び付かれて布団をかぶされ、一人エッチさえ知らなかった僕は必死になって抵抗してしまったというような経験があったが、バレンタインデーの日、その子が別の男の子にチョコレートをあげたのに、チョコレートをあげた、その場でフラフラてしまい、その直後の姿を見てしまった僕は何とも言いようのない、何故かしら寂しいような気分になってしまったことを覚えている。

そして、その日の夜になって、鉛を詰め込んだバットで素振りを一時間も二時間もしていた当時の僕は、ただただ力任せに何度も何度も飽きることなくバットを振っていた。

ところで、GくんとAさんの二人は、よく教室で互いに感じる部分を触り合ったりしていて、おしゃべり位は出来るようになった僕だけど、そんなことにまでは、とてもとても、という具合だった僕はそれを羨ましげに横目でチラリとしながらも、全然気に取られていないといったような素振りをしていて、それでも、僕は、間違いなく顔を真っ赤にさせていたに違いなかっただろうし、心のうちでは嫉妬心さえ生じていたんだけれども……。

ただ、その彼女はその男の子にチョコレートをあげたその場でふられてしまい、その直後の彼女の潤んだ瞳を目にしてしまった僕は複雑な、それでいてとても可哀相に思えて仕方のない心境になってしまい、優しい言葉ひとつさえかけてやれなかった。

それ以後、クラス替えもあって、その子とはあまり話をしなくなってしまい（ただ、僕の誕生日が四月で、その時には手紙をもらったのだが、そこには、僕の期待しているようなことは書いてなかったし、でも、それだけでも嬉しかったけれども）、互いにそれぞれのクラスで、又、適当に仲の良い友達が出来たりして、僕も恋なんぞするようになって、それから数ヵ月間はそ知らぬ間柄となってしまっていたのだが、中三の夏休みに、

『暑中お見舞い申し上げます……ハガキだそうかださないか迷っておりましたけど、やっぱり出しました。

あいさつこそはしてませんが、できれば友達っていうのだろうか、そう呼びたいのです。

くりやまくんにはイロイロとおせわになりましたし、迷わくもかけたと思います。

二年の時の思い出が強く残っているのはあなたサマのおかげでもござります。

同じ班にも何度かなったし、二人乗りなどもしたおぼえがある。
それと今だからいえるけどこれはだれもしらないことで
もう少しで本めいをくりやま（くん）にしていたかもしれません。
本当に本当に楽しかったです。
ありがとう
ちょっと真面目な手紙になってしまった。
今、くりやまクンからもらった年賀状がそばにあるんだけども……ヨロシク』

というような暑中見舞が届いて、それから、最後の『ヨロシク』というのは、当時の僕が文章を書くときの締めとして常用していたもので、兎に角、僕は嬉しかった、とでも言うべきか、読みながら興奮してきたというか、燃えてきたというか、それでその日が丁度最後の地区大会の準決勝決勝のある日で、その頃スランプに苦しめられていた僕は、打ちに打ちに打ちまくり、僕達のチームは優勝した。

そして、それは、僕達にとっての最初で最後の初優勝だった。

ところで、中学に入学したばかりの僕が何を一番辛くて悔しいことに思えたのかと言えば、それは結局、とどのつまり、授業中でも掃除の時間でも休み時間でも兎に角、側に女の子が居ると直ぐに打ち解けて楽しそうにおしゃべりをすることの出来る連中のことであり、彼らの話し声が聞こえてきたりすると、僕は羨ましく、ただただ羨ましく思われて、そして、嫉妬心が湧いて来るようになってしまって、けれども、その当時の僕はいわゆる優等生であったのだから、どうせ女のことになんか興味がないのだろうと見做されていたに違いはなかったであろうし、それでいて、実際には、息苦しい思いにさえさせられてしまっていた。自分は、そうじゃない！　などとは決して言い出せず、それが、又、自分を窮屈にしてしまったりしていて、だから、気軽に、或は、それとなく女の子に話しかけられるような人や、彼らが恋だの愛だのエッチなことなどを話したりしながら生き生きとしている表情や躍動を見せ付けられたりすると、何か自分は屈折してしまうのではなかろうかという不安を感じたりしながらも、それを表に現すことさえも出来ずに我慢に我慢を重ねているのみばかりであって、それは、いまだに僕の中に潜むコンプレックスとして付着しているかのようでもあり、僕は、ただ単におしゃべりをすることが大好きで大好きで、ただその相手が自分の思っている人であればどんなに素晴らしいことではなかろうか、と思ったりすることがあるのは本当のところで、要するに、僕は、自分の好きな女の子に対しては素直になれないもどかしさのようなものがあったりして、こればかりはどうにも仕様がないのかもしれないなどと感じられたりして、それが、僕には、残念に思われて仕方がない。

微笑

「神田くん、未亡人が『意味ありげに微笑んだ』というのはおかしい」

「どうしてですか？」

「だって、この場合、未亡人に対する描写が少ないということは『小さくて白い』というより他は未亡人という言葉だけでインスピレーションをかきたてようとする意図があるわけだから未亡人はあやしげで不可解で、そして、不可思議でなければいけない。その神秘性をここまで表現しておきながら、最後に『意味ありげに微笑んだ』と、言ってしまったらあやしげでもなくお忍びという要素が書き消されてしまうことになりかねない」

「どうしてですか？　何故、この表現ではいけないんですか？」

「未亡人が『意味ありげに微笑んだ』らおかしい」

「でもそれは栗山さんの考え方ですよねえ」

「そうじゃない　だったらこの表現を使ってちょっと失礼な言い方になるかもしれないが、訂正することができる」

『節子さんは意味もなく微笑んだ』この方が未亡人らしいし、つまり、未亡人となったばかりの節子さんが今のあたしだったら何するかわかんないわよ。何でもしちゃうかもよっていう未亡人の危うさを上手く表現できると思う。すると微笑んだというのもおかしい。微笑むと言ったらあったかいし、未亡人があったかい訳ない。未亡人は冷めていてだから何をするのかわからない。そうでなければ、この文章の趣旨に合わない」

「じゃあ、どうすればいいんですか？」

「例えば、笑んでみせると言えば、茶目っ気があるからおかしい。笑みをこぼしたと言えば嬉しそうだからこれもおかしい」

「じゃあ、どうすればいいんですか？」

「だから、最初に神田くんが言ったそれは栗山さんの文章になってしまいますよ。と、言ったうす笑いを浮かべるという表現がこの文章でもふさわしいということにならない？」

するると、神田くんは反発的な視線を下げて、うなだれるように落胆の色を見せた。そこで辰上君が口をはさんだ。

「栗山さん、それ十分な評論になってますよ」

実を言うと、僕は常々、自分の文章にも他人の文章にも発言しないことにしていたので意見を求められると、

「僕は評論はできない。そういう能力がないんだよ。だから他人の文章には発言しないし、自分の文章がどう解釈されても構わない」

などと口にしていたのだった。

「栗山さん、どうして僕の文章をそこまで解るんですか？　僕の文章なのに僕より解っているじゃないですか」

「いや、実を言うとね、節子さんという小さくて白い未亡人が僕の知っているある女性と似ていたんだ。それが最後の『紫陽花の花言葉は浮気心』という決め文句で、うす笑いを浮かべた未亡人とその女性が全く合致したんだ。それから勿論、節子さんを慰める為にケーキを持っていく『僕』っていうのは神田くんをイメージしていたんだけどね」

そこで、辰上君が一言、

「栗山さん、その設定で栗山さんだったらどう表現しますか？」

節子さんのところにケーキを持っていくことになった僕は本当のところ、少々、うきうきしていた。足早だった。すぐに着いてしまったような気がしたが、汗をかいていた。チャイムを鳴らすとほどよく節子さんがドアを開けてくれて、

「あら、どうしたの？」

と笑顔を見せた。僕はどもりながら、

「これ、持ってきました」

と箱を差し出し、柄にもなく作り笑いをした。

すると、節子さんは、

「ああ」

と、ためらいの表情をしたが、すぐに気を取り直して、

「入って」

と、ドアをそのままにして奥の方に慌てて戻って行った。僕はちゅうぶらりんとなったドアに気をとられたが、いいのかな、と思いつつも中に入って行った。

ドアもちゃんと閉めた。しばらく玄関で靴をはいたままだったが、なかなか節子さんが現れないので上がろうかな、という思いが心をよぎった時、中の方から、

「気にしないでいいから、入って」

と節子さんの声がした。そのタイミングが僕の動作と調子が合ったので、

「はい」

と、大きく返事をした。

いいのかな、いいのかな、と、中をのぞき込むようにしながら、結局、僕はちゃっかりと

椅子に腰掛けていた。

節子さんは勝手の方で何かしているようだったので、テーブルに置いたままの箱を手持ち無沙汰に持ち上げたり、ポンポンと軽くたたいたりしていた。ようやく節子さんが現れて、

「ありがとう」

と、嬉しそうにしてくれた。僕が差し出すと、

「あら、ケーキ？」

と、中をのぞき込み、

「ありがとう。ちょっと、待っててね」

と、勝手の方に戻って行った。

再び、姿を見せた節子さんは、おぼんで、ケーキを運んで来てくれた。お皿にのったケーキにフォークが添えてあって、僕に差し出してくれると、

「あたしも一緒に食べていい？　自分の分も持ってきといてそんな言い方ないか？」

と笑った。僕も笑った。

「その為に持ってきたんですから」

と、足した。すると、節子さんは、軽くうなずいて、又、勝手の方へ戻って行った。

今度は小さなカップに紅茶を入れて持ってきてくれた。

やっと、節子さんは椅子に腰をかけ、ズルリズルリと椅子をひいて、

「さあ、食べましょうか？」

と、フォークを持った。それから僕はたわいもない会話を持ち出しては、言葉につまり言葉につまってはケーキをほおばったり、わざと少しずつ食べたりしていた。節子さんは最初の一口に手をつけただけで、後は、じっとしていた。ほおづえをついて、無表情に僕に視線を向けていた。僕はやたらとその視線が気になって下を向いてばかりいたが、節子さんが一言もらした。

「一緒にケーキが食べられるなんてねえ」

そこで、僕は思わず、

「そうですよ。まんじゅうじゃないんですから」

と、口走ってしまった。節子さんはハッハッハッと、声を上げて、その後、真顔で、

「おまんじゅうだって一緒に食べたかもよ」

と、子供がすねたような言い方をした。

それが嬉しくて僕は、

「僕だって、まんじゅうでも一緒に食べたいです」

と、痛快に笑った。

でも、僕のギャグがヒットしたのはその一回きりで、後は、又、会話が途切れがちになり、折角の時間だったのにそれをどう潰したらいいのか、そればかりに頭を働かせていた。

無表情に僕を見る節子さんに緊張しているせいもあった。沈黙が続いた。もう既にケーキは平らげてしまって、紅茶も飲み干してしまった。話題も提供できないので仕方なく僕は咳払いをした。偶然、節子さんを見てしまった時、無表情だった節子さんは立ち上がり、又、勝手の方に引っ込んでいく途中で振り返り、

「牛乳とトマトジュースがあるけど、どっちがいい？」

と声を弾ませた。

僕は救われたような気になって、

「トマトジュース、お願いします」

と、張りのある声で応じた。テンポよく節子さんは、

「トマトジュースね」

と、口にして、消えて行った。

視界に入ってくる節子さんはおぼんに大きめな円柱のグラスにトマトジュースをたっぷりと入れて運んできてくれた。僕はその大きなグラスとトマトジュースの量に満足した。ホッとした。これだけの分量があれば時間をつぶせると思った。僕は少しずつ飲んでるつ

もりだったが、時間はあっという間に過ぎてしまった。僕はこの大きな円柱のグラスに残った少量のトマトジュースをぼんやりと見つめていたが、これを飲み干すわけにはいかないと思った。もう三杯目だ。もう、おかわりはできない。時間はあっと言う間に過ぎてしまった。その間、会話という会話はずっとしていない。ぼんやりと、下を向いていた僕だったが、意を決したつもりになって、顔を持ち上げ視線を合わせた。

するると、節子さんはうすす笑いを浮かべた。僕はじっと見入ってしまったが、一瞬、ハッとなってしまった。

紫陽花の花言葉は浮気心。

気掛かりな事

朝目が覚めて、体が疲れている時がある。まだ睡眠が不足しているというか、もっと寝ていたいというか、全く寝た意味がないというか、非常に腹立たしいというか。客観的には睡眠不足であり、素直に言えば、まだ寝ていたい、であり、後は勢いである。こんな時、取り敢えず、起きる気にはならないから、そのままにしている。

又、朝になって意識がハッキリしてきて、困ったことに出くわす時もある。笑わないで欲しいのだが、体の痛いのが分かりそうになるもんで、気付かぬ振りをして、取り敢えず、顰面《しかめっつら》をしてじっとしている。で、誰も好き好んで制してはくれないから、時間ばっかり経って、そのうち、頬の肉が引き攣ってくる。緩めると、歪な笑顔になる。自分でもこんな顔、見たくない。他様《ひとさま》はもっと見たくないに違いない。そうに決まってる。

口が細長くなっちまう、引っ張れちゃう、頬っぺたに食い込んじゃう。

どんな風にして寝ていたものか、寝違えたものか、それ程寝相が悪かったろうか。

眉を寄せて、目を吊り上げて、こめかみをピクピクさせて、一応寝ている体裁だけは整えている積もりだが、腕迄組んで、掛け布団を半ぺら程捲《めく》り上げて鬼相を形取っている。

そのうち、本当にむっとして来る。で、時間ばかり経つ。

こんな姿、家内はどう思うだろうか。

私だったら、腹を抱えて大笑いするところだが、家内がそんな事したら、私が許すという訳ではない。随分身勝手なものの言い分とお思いになるやもしれぬ。だからといって言い訳はしない。それが男の潔《いさぎよ》さと、とうに腹を括《くく》ってる。

お分かりになられたろうか。

誰だって自分の奥さんがそんなだったら許したくもあるまい。又、そんなになって欲しくはあるまい。幸い、うちのはそんな心配なんぞ必要ないし、まぁ、当分大丈夫かと思う。その心配で気掛かりな人は、そうはならぬようにひとつお祈りでもなさいな。その心配が手遅れの人は残念でした、と言うより他に言い様があるまい。私は知らない。だからといって、私の家内がそれを感じたら、私が知らない訳でない。

体がだるいと脳の働きが鈍って、起きても起きたくないが、頭を働かすと一緒に体も疲れるから、これでは手に負えない。

従って、今のところ鬼は体裁を施す最中にある。それともう一つ厄介なことが起きて来た。腹部からの命令で、立て、立て、と騒いでも、体が言うことを利かない。私としても、板挟みになってどちらの言うことを聞いて好いやら、思案も面倒でどうにもならない。それで、当分動かぬことにした。否、していると言った方がよろしい。何だか、私がとっても面倒臭がり屋のように聞こえるようで、忍びないから説明するが、何故私が動かぬのかと問えば、それはつまり体は脳みそに対してある一定の影響力を持っているからであり、私としてもこの領分は侵すことが出来ないからである。それに、お腹とは体の一部なのだから、お腹にとって体は主人である。それを差し置いて、私の方に直接ものを申してくるなど、何と図々しい奴かと思う。主人の許可を得て初めて私とのアポイントメントが取れるというものである。ところが、実際は主人がだるいと言っておるにもかかわらず、それに従わないとはなんて我儘な奴だ、とも思う。土台、私が体の一部一部と一々話をしていては、私の方ですることが無くなってしまうではないか。主人も主人である。もっとしっかりしなくてはいけない。折角私の方で体とは対等に接しようとしているのに、干渉せざるを得なくなってしまう。本当に朝から厄介なことだ。ひとつ、体の方を鍛えてやらねばならぬ。又ひとつ面倒が増えた。そうはいっても今度は気持ちの方で言うことを聞くまい。体の都合で、こう何度も一々指図されては、確かに気持ちの方でもいい迷惑だろう。

ところで私は今寝ている訳で、心も体も互いに仲良くやって欲しいのだが、色々あっちゃこっちゃ考えず、寝る時は寝るに越したことはない。ちょっと冷めたものの言い方だが、そうでもしないと、長い人生続きはしないかと思う。確かに冷めているかもしれないが、熱くなって寝るのは又この次にすればいい。

お分かりだろうか。短い人生楽しく生きたい、まず、それが何よりかと思う。しばらく、のんびり横になっていたいが、そうもばかりしていられない。やはり、時間的制約というものが付いて回る。体は痛いがいつまでもそうしてる訳にもいくまいて、家内も家内で、どうしたもので、何なり問えば良いものを、朝から飯なんぞ拵《こしら》えるもんで、いつもああして取り澄ますばかりで、そうかといって、用を頼めば、遠慮勝にニコリと控え目に頭を垂れて、何を考えているやら、器量は良いわ、働くわ、文句の付け様もない。カタカタトントン、良い匂いだぁ、さぁ起きよう。その前に、トイレにでも行こう。

「何か、良い匂いがするようだが、何かね」

と火の沸いたコンロに乗った鍋を突っ突くなり、引っ掻き回すというか、掻き雑ぜるというか、エプロン姿の家内、というか、もっと何か他にうまい言い方もありそうなもんだが、巧い具合に思い付かないから仕様がない。

で、そんな朝の家内の後ろに回って、あれやこれや、首を覗き込んでみたところで相手にされない。何度か自分の顎が家内の肩先に突々かれたり、突々いたりしているうちに、もう、こんなことする年頃ではない、と思った。止むを得ず、腰を下ろして新聞を広げテレビを見る。直様、テレビに向いた目を伏せて、御膳の上の伏せた茶碗を眺む。それが何やら貝のようで、妙に物静かにしている。それで、脇に箸が添えてあって、それが、又、随分行儀善くしている。気を引かれて、新聞をかっぽった。だからといって、余った両の手に箸をつかんで太鼓叩きなんかしない。横たわる新聞紙がささくれて、途中の何枚かが丸まってる。丁度めくれた部分に週刊誌か何かの広告があって、見出しの最初の二文字三文字が見えなくて、急いでめくり上げた。

「支度出来ましたけど」

新聞広告の三面記事を、小さい字がよく読み取れなかったりして、真剣になってるうちに、物々しく、口元を伸ばしたりなぞして、政治面経済面を開いてたりもする。そんな時、何故かしら羽搏いた鶴のようにして、新聞を高く掲げて、紙面の角を揺すらせてたりする。学者になったような気分は気分だが、だからといって、大したことは口から出たりしない。

「いかん、これではいかん。どうも、これではなってない」

「支度、出来ましたけど」

そう言えば、幾分か経ったとあって、相変わらず行儀善くしている、太鼓叩きのステッキの隣りに、仰向けになった貝が誇らしげに構えて、内の米粒が柔らかそうにしている。随分しっとりしているようだ。赤茶色した貝の中では、わかめがたゆたっていて、きらびやかである。汁は汁で上気している。

「朝は良い、やっぱり」

とここまで言葉をつないで、間を取ったか、言葉を選んでいるかしているうちに、やれ面倒だ、という訳ではなかろうが、といっても自分のことだが、腹の底から、うん、と発っして仕舞にしてしまった。

「何か今日の朝御飯はおいしそうだが、そんな気がする」

「そうでしょうか」

「そうじゃないの」

「いつもと一緒です」

「そうかぁ、じゃあ、気持ちの問題かなっ」

「そうでしょうかぁ」

「そうかもしれない」

で、私は何も相撲取りになった積もりではないが、二度三度、お払いみたいなことをして、手を付けた。

「そう言えば、今日は体が痛くて困っている。どうしたものか、よく分からない」

「どうしたものでしょうねぇ」

「うん、それだ。どうしたもんだろうか」

「それにしても、あなたはいつもそんなことばかりおっしゃって、私にはちっともわかりません」

「本当に分からぬものだ」

一通り食事も済ませて、まだ二三残っているが、それで、とにかく、又、新聞をぼそぼそやり出した。読んでる途中で残りを抓《つま》もうとして、すっかり綺麗になった膳の上に目をパチクリさせることもあるが、今日は大丈夫だ。それでほっとした。

それにしても今日は本当にどういう訳だか何だか体がどうもおかしい。

こんな時、何をやっても良いことなさそうに思えるから、取りあえず、横になるに限る。

ところで、家内だが、体の痛いの序《ついで》で何分話の組み方に至らぬばかりか、味の悪さに罰も悪くてほとほと呆れ返るが、思案に暮れて、思いあぐねた成れの果てと諦めて聞いて欲しい。

で、家内だが、どうもおかしい。

どうしたものか、妙に思える。何かあったもんか、良いこと、嫌なこと、なんでもないこと。良いことなら、それで構わないが、私の知らない所でなら、それは構うから良くない。嫌なことなら、怒ればいいものを、それも困るが、目線を落とした、取り澄まし顔は美しい。

が、それも困る。なんでもないことなら、それで別段どうでもないが、それが障るようなら、厄介だ。

さて、どうしたものか。

ショートショート作品集

今思えば笑っちゃう
ＧＩＦＴ
絶対主義

今思えば笑っちゃう

僕は電話をかけられない男だった。

受話器を目の前にすると、かしこまってしまって、知らず知らずのうちにぼんやりと電話を眺めていることさえあった。

時には正座をしていることもあった。

意を決して、受話器を持ち上げたところで手を離してしまう。

そんな時でも用を足したのと同じように電話はチーンと鳴る。

その音が静かな部屋に緊張感を与え、正座している僕は恥ずかしくなってしまう。

そんなことを繰り返していると、相手には自分の意志が伝わらないままになってしまう。

そんなことだから、馬鹿ばかりしてしまうようになる。

いつも同じようなメンバーで、いつも同じような会話をして、そのうち、気心の知れたメンバーでしか通用しないギャグや言葉が生まれる。

そうなると、他の人と話しをするのが大変になる。

いつも使っているギャグや言葉は通用しない訳だし、いちいち説明するのが面倒だから、

けれども、それを使わないのも、又、面倒だから、結局はぎこちない会話になってしまう。

だから、ますますいつもと同じメンバーといることになる。

そして、いつも同じようなことで笑い、同じようなギャグやセリフをまくしたて、そのうち、管を巻くだけのものになってしまうのである。こんな非建設的で退廃的な馬鹿をやっていると、電話をかけたいのにかけられない自分の心の中では、その子のことでいっぱいになってしまっている。

この時点では、実は、既に重症なのだが、それでも一向に電話をかけられない。

そんなことだから、虫のいい希望的観測ばかり考えるようになる。

たとえば、向こうの方から電話がかかってこないかなぁ〜なんて考えたりする。

一向にかかってこない。いつまで経ってもかかってこない。決して、かかってこない。

やっぱりこっちからかけてみようかと思って、受話器の前に座り込む。

そこで、又、止まってしまう。体が動かなくなってしまう。

プッシュボタンを押してるうちに止めてしまうこともある。

時には、いいところまでいって、やっぱり怖くて受話器を置いてしまったり。

とにかく、一大事なのである。

そして、ついにダイヤルすることができて、ワンコール、ツーコール、プルルルル、プルルルルと鳴ったところで、心臓が張り裂けそうになって、慌てて電話を切ってしまう。

後年になって、こんなことをひとに話したりすると、こっちは重大な告白のごとく、打ち明けてるつもりだが、返ってくる言葉は、「それって、いたずら電話だよ」だってさ。思わず笑われてしまう。こっちも連られて失笑してしまう。

今の若い人は、いいなぁ〜堂々と積極的だし。僕らには考えられないなぁ。羨ましい！

僕らの頃には携帯もなかったし。

そして、私は、その頃の事を思い出して、切なくなってしまう。

いたずら電話！　それが私の恋だった。

GIFT

気の合ったメンバーで談笑することは楽しい。

けれども、多少、大人数となると、話しは違ってくる。

つまり、気の合ったメンバーばかりがそろうとは限らなくなるし、話題が二つか三つかに別れてしまい、それにより、メンバーが幾つかに割れてしまうからである。

そうなると、なんだか落ち着かなくなり、せわしなくもなり、談笑は成立しない。

要するに、談笑とは程良い人数で気の合ったメンバーがそろうからこそ楽しい。

又、そうでなければ成立しない。

私は「談笑」が大好きだった。ところが、談笑を工作することができなかった。

即ち、メンバーをそろえるという、いわゆる「企画」ができなかったのである。

だから、僕は皆でどっかで食事しよう、とか、お茶しよう、とか、ある程度の人数がそろって、そういうことになった時にお祈りする。

たとえば、カバンだけを適当な席に置いて、さっさとトイレに行ってしまうのである。そして、お祈りをする。大いなる希望を抱いてトイレから出てくると、すぐに視線を向ける。そんな時、嬉しかったりする。

これは他力本願だが、なかなか有効な策だった。

この他力本願は知らず知らずのうちに、毎回々々そうすることにしていた。

この効能を知ってしまってからは、この方法ばかりを選んでいた。

実を言うと、それ以前の私は、どこに座ろうかなぁ、と、うだうだしているうちに残念な結果になることが多かったので、それで、お祈りするようになった。

それからというもの、この見えざる神の手は僕に計らいをしてくれた。

そして、僕は毎回のように起こる「偶然」をどれだけ喜んでいたことだったろうか！

時には、僕のカバンの位置がずれていたり、キープしてくれていたりすることさえあった。

「毎回々々その偶然を無邪気に喜んでいたんだ。本とにお祈りして良かったと思ってたんだ。

でも、それって、もしかして、偶然じゃなかったの？」

「当たり前でしょ」

「あぁ、そうなんだぁ。わざとだったんだぁ」

「わざとに決まってるでしょ」

僕はその当時の「偶然」の真相を知って、余計に嬉しかった。

絶対主義

僕は幼稚園のとき王様だった。

今でもここに一枚の写真が残っている。

ちゃんとした記念撮影の写真なのに僕はジャングルジムの一番上で偉そうにしていて、二番目の段には僕の子分の中でも頼りにしていて仲も良かった、二人の子分をはべらせ、その横に一人の女の子を立たせていた。

二人の子分のうちの一人は、ケンカがめっぽう強くて、実は僕も負けたことのあるくらい強い奴だった。もう一人の子分は、スポーツマンで僕はその爽やかさが好きだった。

そして女の子。

この子は、僕の大のお気に入りで、だったら僕の隣りに立たせればいいのに僕は一段下の段に立たせていた。実際、この記念撮影をする時、僕はいちいちお前はここ、お前はそこ、というようにある程度上の方に立たせる奴には、いちいち指図をして僕は号令をかけた。はむかう奴など誰もいなかった。僕は男だろうと女だろうと力づくで言う事を聞かせていた。

でも、子分は仲のいい友達でもあり序列をつけた女の子達とも仲良くしていた。

僕は実際、王様だった。

小学校に入学しても僕はケンカばかりしていて、目立つくらいにいばっていた奴は、みんな、ぶちのめした。

僕は勉強ができて、スポーツも万能で女の子にも人気があった。

中には、

「ねえ、ねえ、栗山君、クラスの女の子のうち、半分くらいは、栗山君のことが好きだって」と、教えてくれる女の子もいた。けれども、僕は小学校に入った頃からは、女の子と話ができないようになってしまった。

幼稚園の時には、今日は、この子、明日は、あの子、と、いった具合に順番に楽しく、いろんな女の子と遊んでいたのに。

それが、だんだんと、無邪気に話などできなくなってしまった。そして、だんだんと僕の人気は落ちていった。

そして、ぶちのめしていた男達も、だんだんと僕の言うことを聞かなくなり、やがては、グループを作るようになり、いつの間にか、僕は一人になってしまった。

そして、小学校五年の時、僕をやっかいもの扱いしていた担任の先生が、僕をあわれんで、こんなことまで言うようになった。

「栗山君、力だけでは誰もついてきません。だんだん、年齢が上がっていくにつれて、皆、力には屈しなくなっていきます。栗山君、このままでいいのですか？」

と。

それでも、僕は、ケンカをやめなかった。

そして、ついに、来るべき時が来た。僕は、束になってかかってくる以前の子分達に、殴っても蹴飛ばしても次から次へとかかってくる人数の前に屈してしまった。僕にはまだ余力があったが、その人数の多さに僕は無駄な抵抗はやめた。

それは、怖かったからじゃない。僕は観念したんだ。こんなにも多くの人間が僕を嫌っているのかと思うと、僕は悲しくて座り込んでしまった。

王様は、倒れた。

エッセイ　言

我々の生活には、どうにも面倒なことが付いて回るもので、これは、我々ひとりひとりが社会生活を共に歩んでいく一員としての踏み絵のようなものである。

特に組織に属していることでのみ得られる「恩恵」の多い社会では、この〝踏み絵〟に形だけでも足を乗せていなければ不安にならざるを得ないのかもしれない。

しかしながら、だからといって、はい、そうですか、と、それをそのまま素直に受け入れているばかりでは、能天気にストレスを戴いているようなもので、そうかといって、頭ごなしに、それでは駄目だ、などと決め付けをしてしまっている人に限って、フラストレーションがこびりついたような表情のあり様だ。我々も、何か、根本的に考え直してみる必要があるのかもしれない。

人が幸せであるか否か、又、その人がどの程度幸せであり、どんな具合に幸せでなかったりするのかを決するのは、自らの満足度であると私は思っている。

たとえ、それが、自己満足であれ、ひとりよがりであろうとも、その人がそれで満足しているのなら、それは幸せであると私には感じられるし、他人にどんなに羨ましく思われているような境遇にあろうとも、それが自ら欲するものでなければ、私は、それを、幸せであると見做すことは出来ない。

こんなことは、私にしてみれば、当たり前のことで、それでこの前提を言わないままに色々と話をしていることが多いのだが、時には、私はこういう考え方をしていると伝えなければならなくなる場合があり、それはいかに他人の目を気にしながら右往左往している人達が多いのかということを物語っている。

確かに、他人に良く思われることで満足する人は多いのかもしれないが、それとて、そのことを自らが認知して初めてそれと分かるだけのことであって、その場合、その人の満足殿の尺度なり変数は――そんなものがあるとすればの話だが――他人の見方、受け取り方、感じ方に見事に依存していることとなり、所詮は、どこまで経っても本当には満足出来ずに、次から次へと新たな欲望が生じては振り回され、振り回されては落胆させられて、結局は、刹那的にその場その場を苦し紛れに動かされているだけのことである。

但し、私は、頑固者であるのと同時に情に脆いところがあり、世間の目を気にしながら、どうしたら良いんだろう、などと途方に暮れてしまっている人を目の当たりにすると、感じ易くなってしまう性分も併せ持っているので、そんな人達を応援したくなる気持ちが湧いて来てしまうことがある。

それでも、心の中では可哀相だと思っていても、厳しいことを言ってしまったり、それから、真直な考え方をしていなかったり、単に我儘にしか聞こえてこなかったりすると突き放すことさえある。

ただ、そんな時には、本当には頑張って欲しいのだが、私の真意を読み取ってはくれずに、あるいは読み取ってはくれていても流されてしまうままに自分に自分を偽って、変に格好を付けることばかりに奔走《ほんそう》させられてしまっている人達が余りに多過ぎるということは残念に思われて仕方がない。

が、それさえも、私には、なにがしかの感じ入るものを与えてくれることさえある。

何故なら、私は自分なりの厳しいルールを自己に課してはいるけれども、そんな自分が直ぐに滅入ってしまうことがあるので、流されてしまっている人達や楽な方へ楽な方にへと傾いていってしまう人達の隠された、あるいは隠してしまっている本当の気持ちが伝わって来るからである。

しかし、そんな人達が、大抵、持ち合わせている狡《ずる》さというものには許せない部分もあって、それでいて、自分もそうしたい気持ちがあるのも、又、事実である。

それでも、自分にはそんな器用なことは出来はしないだろうし、それから、そんなことはしたくはないという気持ちが何時の間にか自分を支配していることに気付かされることもある。ただ、他人に言わせれば、私は楽しそうにしていると見受けられることが多いということである。

私にしてみれば、そんなつもりはないのだが、確かに、ワイワイ騒ぐのが好きだし、会話を遊ぶようなところがあるのだが、決して、私は、自分をそのように仕立て上げている積もりは毛頭ない。

私が楽しそうに見えるとすれば、それは、私が私なりに「意地を通せば窮屈」ではあっても、それを曲げないからだと思う。

私は、我儘だと思われようが、勝手だと言われようが、自分の生きたいようにしか生きない。そして、それが、又、人の生き方だとも思っている。

それぞれの個々がそれぞれなりに生き、自らの満足度を高めていく、これが、幸福追求の道であり、そのプロセスこそが満足度を高めていく道であり、それがサイクルしている状態こそ着眼すべきなのである、と私は思っている。

それから、個々人の幸せというものの形態なのだが、価値観というものが多様化しているのであれば、それは無論、人を客体と見做して計ることの出来ない類の事柄であるようにしか私には思えない。だが、その形態とは、言わば、概念上の完成を限りなく追及していくサイクルとその実態とでも形容すべき、決まり切ったかのような形で定められたり、それが当然のごとき型に嵌《は》め込めることの出来るような不動の状態に求められるものではなく、柔軟性があって、弾力があり、徐々に、あるいは、次々と、繰り返し繰り返し必要に応じて軌道修正をしていくべきものであって、又、それがサイクルしている状態であれば、一見（外から見れば）、ありふれた平凡な様にしか思われないような、もっと言ってしまえば、お決まりの日常の繰り返しであっても、それは、（内にあるものからすれば）ひとつの幸せの形態として、声高に挙げられるべきものと思われる。

王様であろうと、百姓であろうと、自己の家族で平和を見出す者が、一番幸福な人間である。

ゲーテ

が、そんなことを耳にしたのであれば、脳みそをキリキリとさせて黙ってはいられないというような人種も（未だに）根強く存在している。

彼らは、（未だに）脳みそというものの力量の限界を信じてはいないのだろうが、そんなものは屁でもない。

概念は実践と相関してこそ、初めて、相互に相乗効果をもたらす類のものである。

であるからして、必要に応じて軌道修正をしていく状態こそ、最善となり、最良となり、最高というものを導いていくための土壌があり、それを土壌として成るものからの働きを見い出すことが出来るのである。

世界がいかにあるか、ということは、より高次の存在にとっては、全くどうでもよいことだ。

ヴィトゲンシュタイン

ヴィトゲンシュタインの言うところでは、人生の問題は、科学の発達が便を良くしてくれてもくれなくても、あとはそれを活用してもしなくても、いかに自分がどうするか、どう思うか感じるか、によるのであろうから、哲学者は何も語るなということになる。

それで、彼の言うところの『語る』ということなのだが、それは、断言する、あるいは、決するという意味合いで使われているのであって、あたかも決定権というようなものでさえ持ち併せているかのごとく、傲慢にも『語る』ということなのである。

そして、彼に言わせれば、そんなものなんぞ、決して脳みそに与えられるべきものではないということになる。

これには、私も、賛同できるものがあるのだが、これが、わたくしごときに言わせると、自分とその身の回りがどうにかなってくれればそれでしめたものだ、というような案配になるのである。

だれでも次のような悔いに悩まされたことがあるかもしれない。それはすなわちせっかく自ら思索を続け、その結果を次第にまとめてようやく探り出した一つの真理、一つの洞察も、他人の著わした本をのぞきさえすれば、みごとに完成した形でその中におさめられていたかもしれないという悔いである。けれども自分の思索で獲得した真理であれば、その価値は書中の真理に百倍もまさる。

ショウペンハウエル

私は、本を読んだり、テレビのトーク番組を見ている時に、自分なりの考えがふつふつと湧き上がってきたりして、そのうちに知らず知らずの間に格闘しているようなことがある。勿論、ただただ圧倒されるのみばかりで、没入させられてしまって、酔いしれてしまうような時もあるが、そんな機会は本当に稀なことである。

これには、私が、本やテレビ番組の選び方がとっても下手くそなことが理由として挙げられるのかもしれない——無論、こんなことは、ただ単に皮肉であって、本当のところでは、私はそんなことはほんの一欠片も思ってはいない――が、たとえ、それが一冊の書物であろうとも、自らの価値観さえも変えてしまう程のものに巡り会えることも確かにあるのである。

そんな時の私といったら全く陶酔し切ってしまって、完全にノックアウトさせられてしまい、しばらくの間は、それで起き上がれない状態のままに、内より、間を置いては何度となく溢れ出づる広大な感動の波が私の身体をほでらせ、思考は麻痺させられてしまうのである。

これこそが感激である、と私は思う。

しかし、大抵の場合は、期待を裏切られて、（どんな偉人に対してでも）なんだこんなものかと、ただ理屈をこね回しているだけではないかと歯牙にもかけないことがある。

と言ったところで、人間はせいぜい言いたいことを言いたいように言うだけでしかないのかもしれないし、又、それだけのことでさえ、そんなに巧く言える訳でもなかろうし、それから、言った通りに何もかもが何だか巧くいくというような時ばかりがそうざらにある訳でもないし、というよりもそんなことは滅多にない！

兎に角、しょせん言葉というものは、薄っぺらいものでしかないのかもしれないし、何から何まで言葉を使って表現しようと試みたところで、全てを言い尽すということは不可能なこと――それは非常に残念なことでもあるが――なのかもしれない……。

ただし、言葉では言い表すことが出来なくても、良い思いが出来るような体験をすることで、自分なりに、心の内には、なにがしかの満足感で一杯になっているような時には、ちょっとした、一言であっても感じ入るような何かを与えてくれる場合もあるのだし、又、それが、伝わってくるような時には、互いに互いの気持ちを巧く表現出来なくても、そこには、言葉なんぞは必要としない何かが補ってくれる訳でもあり、要するに私の言いたいことは、言葉というものに限界があったとしても、それは、それで、止むを得ないことなのかもしれない。しかしながら、だからこそ、如何にして文字に感情を滲ませるのかということが大切なのである。

そうであれば、言葉を完全に使い熟《こな》せはしなくても、自分の伝えたいことが、言葉としては不完全であるにもかかわらず、伝わってしまうのであり、成程、言いたいことは良く分かる、だとか、そうかそうか、分かる分かる、などという場合がそれに当てはまるのであり、そして、それに対しての感想でさえも言葉として言い表せなくても、又、そんなこと自体が必要ではなく、むしろ、そのような時には、言葉というものは邪魔にさえなるものなのかもしれない。さらに、肝心な中味が丸でなってなくて、言葉だけが完全であるならば、何の意味があるのであろうかとも、私は、思うのである。

子供は世界を、状況を論じたり状況が変わることを要求したりしないで、ただあるがままの事態をそのまま認めながら、広大な没批判的な、無邪気な眼差しで眺めるように、自己実現する人間も、自分自身や他人の人間性をそのような眼差しで眺めるのである。

アブラハム・マズロー

私は、年甲斐もなく、多分に子供染みているところがあり、実を言えば、ただの甘えん坊なのである。

家にいても何が何処にあるのやら分からず、家族の手間をただ余計に増やしてしまうだけの存在なのかもしれない。

事実、私は、風邪をひいてしまった時になって、薬がどこにあるのかもわからず、姉の勤めている会社にまで電話をかけて、その在処を尋ねたことさえある。

それは、非常に恥ずべきことなのだが、私が、それを恥ずべきことだと知ったのは知人にその話を臆面もなく打ち明けたからである。

確かに、それが恥ずべきことであると知っていたのであれば、恐らく少し位はそのことを告げることに対して躊躇《ためら》いの気持ちを感じない訳にはいかないのであろうが、私は、ただ何気なく話の流れるままにそのことを暴露してしまったのである。

それから、私は、自分では――ここまで話せば、既に、言わずと知れたことかもしれないが――家事、炊事、洗濯、掃除、何ひとつ満足に熟せなくて、それでいて、私は、赤ん坊のように――夜泣きこそはしないのだが――手間隙《ひま》をかけてしまうということに関して言えば、それと同じようなことをしてしまうことがある。

つまり、私は、（非常に言い難いのだが）夜の夜中になってから無性に腹が減ってしまうようなことがしばしばあって、それで、そんな時分になっていたとしても、母親を平気で叩き起こしてしまうようなことを犯してしまうことがあって、あるいは、自分の部屋を自分で掃除をしないものだから（私はそれで一向に差し支えはないのであるが）、家の誰かがそれに困り果ててしまい、代わりにきれいにしてしまうようなことがあり、この件に関しては、私に対して、大いに言われることもあるには違いはなかろうが、それが、又、私の場合、厄介になってしまうのである。何故なら自分の部屋の中で、自分のものが何処にどんな具合に置かれているのか分からなくなってしまい、結局、あれやこれやと探しているうちに、又、元の、他人から見れば、ただの散らかしっぱなしの状態に戻してしまうのである。

何だか、こんなことを話してしまっては、誰も、私の嫁さんにはなってはくれないような気がしてしまって、自分でも、馬鹿だなぁ、と思ってしまうが、これとて、正直なのである。

私は、嘘、が嫌いである。

しかしながら、他人に言わせれば、私は強情で頑固で、自分を曲げないものだから、それが原因となって、随分、損をしているとも言われることがある。

確かに、私は、「意地を通して」ばかりいて「窮屈」に感じられることが多くて、随分と損ばかりをしているように思われることもないのだが、でも、本当にそうとばかり受け止めていて良いのだろうか？

私は、これまでの自分の行為やその結果を、悔やむことがない。と言い切ってしまったら、それは、嘘になってしまうだろうが、私なりの人生の節々を振り返ってみれば、これで良かったのではないか、というようにも感じられるのであり、もっと後悔していたのではないか、という風にも感じられることが幾つも思い当たり、又、たとえ、後悔したことに対してでも、自分なりの生き方を貫いたのだ、ということで納得出来るような気もするのである。

私は、家族に対して迷惑をかけ、だらしの無い点に関しては、何とかしていかなければならないと思っているのだが、私が大切にしている子供心に関してまで言えば、何時までもそのままにして置きたいという願望を持っているというのが正直なところなのである。

そして、私は、何時までも無邪気のままでありたいと思っている。

それが、私なりの生き方だからである。

それに、私は、大人とか子供とかというような区分けなど概念上の問題であり、双方共に人間の併せ持つ性質だと思っている。

さらに、ひとが大人になっていくということは、決して、子供でなくなるということを意味するものではなく、大人という要素（とでも呼べるもの）が加味されていく過程なのであると思っているのである。

その意味では、大人、だとか、子供、というような見方でさえも概念上の区分けではないかとまで思えてくるのである。

そして、社会という名の、人の集まりの中で適応していくということは、テクニカルに事に当たっていくことであり、言わば〝踏み絵〟というものを上手に、自らを失わない程度に、そっと足を乗せるだけで、心に傷を負わないままに処理してしまうことではなかろうか、とは見做せないだろうか？

又、人は、テクニカルに事を済ませてしまうことに慣れてしまう――大人としての要素が働きすぎてしまう――と、少々、退屈を感じたり、寂しくなってしまったり、というような反動が生じてくる――子供としての要素を取り戻そうとする――とは考えられないだろうか？

それに加えて、人生という名の道を歩んで行く間には、幾度となく、大人としての要素が必要以上に膨らんだり、子供としての要素が逆に大きくなり過ぎたりして、内に、そういう軌道修正が（ギッタンバッコン）繰り返されていくのではないかと考えられないだろうか？

皆がみな、テクニカルに事を済ませてばかりいると、大人になり過ぎてしまうということは、形骸化していくのであり、我々の社会に難問を吹っ掛けてくるようになるのではなかろうか。

いずれにせよ、私は、子供心は失いたくはない。

そして、私は、何時でも素朴な疑問に傾いていきたいと思っているし、そういう意味では、素直でありたいと願っているのである。

人は幸福追求する、とは、換言すれば、自らの満足度を高めるということである。

そして、満足度というものは、人それぞれなりの尺度なり変数をバロメーターとして高めたり、維持したりしながら、変動していくようなものなのであるから、価値観というものが多様化をしているのと同じように、幸せの形態というものも、人それぞれになるに違いない。

無論、それは、普遍的に共通点が見い出し得るということを否定するものではない。

しかし、社会の成熟に伴って、より多くの人達が自分なりの価値基準を持つことになっていくということに、そして、より多くの人達の価値基準が少しずつ他の人と比して違うようになるのも、又、否めないことである。

何故なら、社会の成熟と共により多くの人達が自らの満足度を占める割合として、外的報酬から内的満足に、そのウェートをシフトさせていくようになっていくからである。

そして、私は、先程、少しばかり触れたように、それぞれの個々が、それぞれなりに満足していれば、それこそ、社会総体が成熟したものである証であると考えるのである。

そうでなければ、社会のメカニズムが自己運動してしまうばかりで、人の満足がなくなってしまったなら、何のための社会なのか分からなくなってしまうのではなかろうか。


現状のままで安んじていられる人たち、つまり文字通りの意味で保守的な人たちは、しばしば正当にも知識人にたいして疑惑の目を向けてきました。（中略）知識人のほうではおおむね、自分たちが嫌われるのは、他の連中が自分たちの頭の良さを妬んでいるからだと思っていました。ところが、しばしば嫌われるのは、彼らが騒ぎを起こすからなのです。

ジョン・K・ガルブレイス

人の生き方なり在り方なりを、杓子定規的に全てを決め込んで勝手に嘆いて怒って納得しない人達が居る。

総じて、彼らは、フラストレーションをのべつ幕なしに大量生産するものだから、おそらくフラストレーションのシェアを独占しているに違いない。

それでいて、彼らの論法は、極めてメルカトル図法で面積比をしているようなものだから、聞いていて疲れてしまうし、というよりも、それ以前の問題として、彼らの言うことなんぞ聞きたくもないというのが正直なところであって、彼らは矢鱈《やたら》とわめき声をあげるものだから、兎に角、ちり紙交換やら選挙演説のように、耳にしたくもないのにずかずかと割って入り込んでくることがしょっちゅうなので、私の気分としては、小学校の運動会の高らかな放送に折角の日曜日の朝っぱらから叩き起こされたような、そんな一日の始まりに何とも言えないような気分にされるのである。

教訓を与えようと乗りだす人たちは、それを与えられる人たちよりもよけいに有能であると自認すべきであって、どんな小さな事でまちがうにしても、それだけの理由で咎められるはずである。

デカルト

良識なり理性と言われるものは、おおむね、グッド・アンド・プラクティカル、という二つの尺度を用いて、そのバランスを考え、その一致する部分を探りながら、考え進めていくことであろうかと思われる。

その意味では、知識人も、理性を欠き、良識のない人達、ということになる。

何故なら、知識人は感情的で言いたいこと――自らにとってのグッド――ばかりを口にするし、普通の人々に比して、自らの満足度を他者に依存しているという点ではなはだいい迷惑である。

そして、知識人は、社会全体や天下国家や世界を一心同体と見做しているふしがあって、それはそれで立派なことだが、天下国家の看板が彼らには傾いて見えてたりすると「騒ぎ」を起こし始める。

又、「お節介にも」我々のことに関して何から何まで決めてしまいたい積もりのようだし、そこに含む大多数の我々の気持ちなどお構いなしに、彼らの言う「一心」とは彼らのものであって「同体」とは我々の胴体のことである。

それに反して、普通の人々は、他者との関係に於いて、それ相応の交換によって生活していく相互依存なのだが、知識人は自分は何もしないが、社会はこうあるべきだと強要するし、そうしなければばいてもたってもいられないあり様なのだ。が、それも彼らの勝手でそうなってしまっていることで、そんな風に言ったら天下国家も勘弁して欲しいなどとうなだれるかもしれないし、冗談じゃねぇ、と濡れ衣を突っぱねるかもしれない。

科学的研究の客観的成果というものは、こんな（精神分析が明らかにした研究の結果とは、美に反するもの、道徳上排斥すべきもの、危険この上もないものという）非難をうけてもびくともしない。いやしくも反対するなら、その反対は、学問という名前で出なおしてこなくてはならない。

ジークムント・フロイト

科学とは、普遍性を追求するものであり、そこから、純粋理論を導き出してこそ学問であるという主張がある。

これを力説する人達の意図とは別に、私が思うのは、この意味で、科学とは、今でもそうかもしれないのだが、形而上学がそうであったように、ともすれば、無理数を際限なく追い求める泥沼にはまってしまうかもしれないという側面を伴うもので、純粋理論とは一義的一面的な捨象と抽象の世界にみられるものであるかと考えられるのであり、それ故、一義的でも一面的でもない、現実の世界に於ける総合判断なり因果関係を言い尽せるものではないであろうし、人間を主体として見做すようになりより柔軟になった科学からすれば、複眼を要しなければならない、ということにもなるのである。

人間の全ての知識のなかでもっとも有用でありながらもっとも進んでいないものは、人間に関する知識であるように私には思われる。

ルソー

我々は一つの個体であるのと同時に、数え切れない程の細胞が瞬時にして相互作用を及ぼしている集合体でもある。

一つの見方なり価値なりで全てを論理で言い包めようという脳みその傲慢、この場合、我々一人一人を社会に見立てるならば、それは、独裁体制であり、絶対主義であり、平らに等しく踏み付けられた奴隷のままに侍《はべ》らせられた全体主義の形態である。

私が、集合体という言葉を好むのはそのためである。

心も身体も、それでは可哀相である。

脳みそ自体も、それでは、可哀相なのかもしれない。

しかし、自由と平等は各個々人に振り分けられたものであり、内政不干渉の原則からすればば、そのような横暴を目の当たりにしたところで、それは、民主主義社会の人達が第三世界の、あの、見るに耐えない残虐なり不条理に直接触れることの出来ないのと同じことである。

無論、脳みそが我々集合体から承認を得ているのなら、それは、共和制であり、脳みそがリーダーシップを発揮している、ということになる。

確かに、脳みそは有能である。

ただし、脳みそが真っ赤になるのなら、冷やさなければならなくなる。

私に関して言えば、脳みそは、オーバーヒートしないようになるたけ使わないようにしている。


自然はわれわれの知性にとっては限りなく驚嘆すべきことを最高度の容易さと単純さとで行なっているのです。

ガリレオ・ガリレイ

我々には葛藤があるから異常なのではなく、その葛藤を解決もしくは克服出来ない場合には支障を来す、ということは広く知られていることである。

葛藤とは、簡単に言えば、個体内に互いに相反する、二つの要求が同時にあって、ともに満たされない状態のことであり、広辞苑によれば、精神内部で、それぞれ違った方向の力と力とが衝突している状態、とある。

この場合、解決とは、抜本的、根本的な取り組みであり、克服とは補完的なリカバリーということになる。

特に、前者は、経済学で言うところの、最適化、均衡のバランス、弁証法では、（矛盾する双方が）直接相互に相手の性質を受け取るという対立物の相互浸透、あるいは、正反合、民主主義の成熟では、自由と平等が相互に補完的役割を演じ、相加相乗していく、本来は矛盾するかと思われるものが、互いに互いを浄化させ、より完成度の高いものとなっていく（自由によって、平等から強制が排除され、平等ではあるものの、個は尊重され、平等によって、自由から勝手が取り除かれ、自由ではあっても、公共福祉、社会福祉に反しない限りの自由を有するに至るようになる）、発達過程に相当すると思われる。

そして、学問と一般の関係に於いても同じことが言えるのである。

それは研究の成果が一般の指針なり参考となり、一般的な実践は、学問にとっての実証の実験なりデータとなっていくのである。

この補完的関係が、同時に成り立っていることによって、学問と実践は相互にレベルアップしていくのである。

それから、例えば、哲学のように、学問と一般が乖離してしまっている場合には、学問としての哲学も一般の哲学も一向に進展しないままに、哲学全体が停滞したり硬直したり退廃してしまったりもする。

が、中には、自ら考え、自ら実践していく人もいるが、分業化も効率化もされないままでは哲学ばかりが近代のままに置いてきぼりをくってしまい、頭でっかちは大嫌いだが、図体ばかりがでかくなっては却って不便になるばかりである。

が、自ら考え、実践していく、これが、思索なり哲学の本来あるべき姿であるとすれば、これは脳みその限界なのである。

頭でっかちは、フラストレーションばかりを生産するようになり、そうでなければ、元より、制御仕切れないものであり、それでは、脳みその自らに対する制御能力は、心なり身体に分配されなければならなくなるのであり、我々は精神革命に引き続いて心と身体の革命さえも急務とされているのかもしれない。

と言ったところで、それは、既に、進行しているのである。

ところで、葛藤であるが、これは、もう一度繰り返すならば、二つの相反する『要求』が同時にある場合に、相反するにもかかわらず、それらの一致する部分を捜し出そうと、試みる刺激となり得るのである。つまり、人間の諸活動に於いて、二つの『要求』が相反する場合、その一致する部分が要求されるということであり、相反したところで、その一方だけが要求されるならば、これは、問題なくその一方が優先されるのであり、双方共、要求されないものならば、どうでもいい、という話になるのである。

これは、当たり前の話である。

つまり、対立物の相互浸透といったところで、互いが人間であれば、互いに知りたいと、思わなければ起こり得ないのであり、買いたくもないものならば、需要供給バランスなんてものは成立しないし、ドラえもんのどこでもドアみたいにあったらいいなぁ、と思ったところで、供給出来ないものならば、やはり、同じことが言える訳で、その場合、供給側の金儲けの対象とされない、そんな気はない、ということになるのである。

それから、自由も必要、平等も必要でなければ、その一致する部分は必要ではない、ということにもなるのである。

さらに最近の現象では、エコロジーがもて囃《はや》されて、我々生活者は、それを見込んだモノなりサービスならば、そうでないもの以上にそれが取り組まれた分は、余計に支払っても良いとする風潮が芽生えてきて、それ故に、何とか自然に害悪を与えないでモノなりサービスを作り出すための投資が企業によって行なわれるようにもなっているのである。

それで、本来ならば、相反すると思われていたようなものでさえ、双方必要となれば、その一致する均衡の値に向かっていく刺激となるのである。

この場合、必要なり要求とされなければ、刺激という因は生まれない。

これは、人間の諸活動に於ける原点であるかのように思われる。

ところで、日頃、私は、自分についてあまり語らないことにしている。それは、自分については何も語らないということが、どれだけ平穏で、どの位効率の良いものであるかは漠然とではあるが、確かだと感じられるからである。だから、自分の属するところによっては、私のことを大変心配してくれる人達もいれば、中には、馬鹿にするような人達もいる。

こいつはカモ以上の何者でもないとあからさまに侮辱的な態度で接して来る者もあれば、狡猾《こうかつ》な奴だと心からそう思い込んで信じて疑わない人もいるようである。

よく、「私はこういう人です」、と簡単に言い切ってしまう人がいるけれども、所詮、言葉なんぞは薄っぺらなもので、中味をそれとは知らずに相手の口からそのまま耳を通して入り込んできたところで、解釈の仕様によってはどうとでも考え進められて誤解を生んでしまうような気もするが、どうだろうか?

人間は複眼を要しなければ見据えることが出来ない、という考え方もあるが、それは、つまるところ、時間をかけなければならないということに通ずるように私には思われる。

我々の用いている言語なり眼なり脳構造なりは、とにかく、一面的になりがちなものであり、それらを意図して多面的なものにしようと試みるならば、必然的に具体性を欠いてしまって、抽象的にならざるを得ない。又、それをそのまま把握するためには言葉の前に内容が必要となるに違いないと私は考えるのである。

それに、一面的に全てを言い尽くせたところで、それは、全てにとっての一面でしかなく、全てにとっての全面はまだまだ果てしのないものなのである。

ファイゲンバウムはカオス理論について言うのだ、あまりにも多くの変数に委ねられているのならば、それは、予測不可能である、と。

普通は、マクロという大きな枠を顧みずに、ミクロにのみ主眼を置き、視野を広げていくつもりが狭めている、あるいは、観念論的に追求することを言うのであろうが、マクロ的にであれ、弁証法的にであれ、それが一義的であるならば、それも、木を見て森を見ず、ということになってしまうのである。

一面的になりがちな我々の眼を幾通りにも使い分けていくうちに、だんだんとひとつの内容が形取られていき、そして、それは、統計学上明らかにされていることなのである。

要するに、我々は、複眼というような便利なものには恵まれてはいないのだが、時間というものが我々に複眼を与えてくれるのである。

それから、少々、話が横道にそれてしまうように感じられるかもしれないが、私はオムニバスが好きである。

オムニバスとは、幾つかの短編を並べて、全体で一つの作品にしたもの、の意であるが、それは、ひとつのテーマを色々な角度から眺めることであり、それと同じ一つのことが、色々な場面で、色々な状況の下に、色々な形で現れる、そして、その全てを楽しむことが出来るのなら、その集合体という全体の何たるかは、どういう訳、いつの間にか、全体がぼんやりと、時には、くっきりと浮かんでくるようになり、無理をすることもなく、良い気分で自然のうちに、しかも楽しみながら、その統合された姿が示されるのならば、何とも愉快ではないか。又、全てを楽しめなくとも、部分々々で楽しむことが出来るなら、欠けてくる球が丸くなる。

人生はオムニバスである。

そして、人間の在り方や生き方というものは、人それぞれなりのものであり、少なくとも言えることは、それらをマクロ的、もしくは、弁証法的に規定することは出来ない、ということである。

つまり、仮にもしもこれが唯一絶対普通のものだ、という規定が科学的にも立証されたところで、それにより、人によっては、満足度が高められなければ、それに従う必要はないのである、というのが民主主義の在り方である。

私はオムニバスに民主主義を感じる。

そして、オムニバスは集合体なのである。

だからこそ、私は、オムニバスが好きなのである。

それから、こんな話もしておこうかと思うのである。

例えば、囲碁や将棋には定石というものがある。

しかしながら、碁打ちや将棋指しには、人によって、碁風なり棋風というものがある。

それから、定石というものは幾つもあり、各自の好みによって、あるいは、状況によって、それぞれ、その場合に見合ったものが選択されるのである。

それに、定石というものは、人によって、自分なりにアレンジすることが出来るのである。

そして、ある定石を参考にするのも自由なのであり、そんなものは無視してしまっても、それも自由なのである。

又、どの程度まで参考にしても、どの部分に関しては無視してしまっても良いのである。

全て自由なのである。

さらに、定石は次々に修正が施されて、それが、最適化の作業となる。

それから、単に自分の好みで打っていた（指していた）者が勝ち進めば、それが、一つの最適化として活用され、自らの満足度を高めるために打っていた（指していた）者が名人となれば、今度は最適化の方がそちらを追い掛けるのである。

そこには、勝ち負けもあれば、芸術を楽しむ心があるのである。

満足もあれば最適化もあり、定石もあれば芸術もあり、勝負もあれば好みもあるのである。

要するに、全て自由なのである。
そして、その自由は、無論、誰にでもあり、要するに、それは、平等であり、要するに、それは、民主主義なのである。

もっと遊べ死ぬまで遊べ！

我々生活者がより遊ぶようになりさえすれば、それにより、何らかの消費活動の機会が増えることになるのであり、それ故、それまで以上の生産量を、それだけ増大させねばならなくなるのである。
そして、そのことは、生産者としての我々の待遇が、より良くなりことに通じるのである。
又、人手不足によって、企業の体質改善は恒常化されなければならなくなるのである。

もっと遊べ死ぬまで遊べ！

それでは、誰が働き誰が遊べば良いのだろうか？
簡単な話である。

我々が働き、我々が遊べば良いのである。

それが相応である。

それだけである。

ただし、このことが歴史的にはコロンブスの卵であったことを嘆かずにはいられない。

世界は支配の連続であったのであり、絶対者も、その昔の資本家も、その昔のプロレタリアートも結局は支配体系の頂点で、傲慢を満足させていただけの話である。

とはいっても、そうやって変遷を繰り返して少しずつグッド・アンド・プラクティカルに前進していったのも確かである。

今、我々は、交換の原則を何とか維持発展させていくことで、民主主義を満喫しながら、さらに発展していける恩恵に恵まれている。

「青い鳥」より

どなたかあの鳥を見つけた方は、どうぞぼくたちに返してください。ぼくたち、幸福に暮すために、いつかきっとあの鳥がいりようになるでしょうから

幸せは身近なところにある。

しかし、どんなに大きな幸せが転がり込んできたところで、自分でそれと、つまり、それが大きな幸せなのだと気付くことさえ出来なければ、幸せにはなれないのである。

ひょっとしたら、そんな人が多過ぎる位たくさん居るのかもしれないし、そういう人は心の病気にかかっているのかもしれない。

例えば、どんなに退屈で、どんなにちっぽけで、どんなにありふれた、そんな時にだって、幸せは身の回りにごろごろ転がっているのであり、勿論、そんなものは幸せと呼べるようなものではないと言う人がいるかもしれないが、それで満足出来るか出来ないかは人によって、あるいは、程度によっても色々と違ってくるのであり、少なくとも、それが、ひとつの幸せだと気付くことさえ出来もしない人に、いざ、大きな幸せを手にした時になってそれ相応にそのままそれを大きな喜びとして、又、満足として迎え入れることなど出来るはずもない。

それは、幸せを感じることの出来ない心の病気でしかないとも考えられ、日々の生活は、無論それだけで十分満足出来得るものでもあり、それは、どんなにちっぽけだといったところで、同時に幸せを見付ける訓練をしていることでもあり、幸せを感じる練習にもなっているのである。

皆が皆、日々の生活を大切にしているだろうか？

もしかしたら、折角、つかんだ幸せを感じることも出来ないままに、何度も何度も、つかんでいながらいつまで経ってもそれと感じることの出来ない人が多いのではなかろうか？

それでは丸でゼノンのパラドックスのようである。

人間には向上心も必要であろうが、それは、その時その時の幸せを感じることが出来ないということを断じて意味するものではなく、むしろ、それを必要とする部類のものであり、何より、それ相応の正当な評価を心が下せなくては本当は見えるはずのものなのに何も見えていないのと同じことになってしまうのではなかろうか？


総じてわかることは、静かな生活が偉大な人びとの特徴であり、彼らの快楽はそと目には刺激的なものではなっかた、ということだ

バートランド・ラッセル

私は、大学四年の時に病気をしてしまい、その当時、就職するか大学院にいくべきかで大変悩んでいたのだが、結局、そのどちらも達することが出来ないままに学校を追い出されるはめ（卒業すること）となってしまって、それ以後、数ヵ月間は、いわゆる、プー太郎生活を送ることになり、その当初は、今後の人生に関して、非常に不安に思うようになり、まだ完全には治り切っていない病状を悪化させてしまうことになってしまったのである。

それで、私は、焦りを感じるようになって、かねてから興味のあった教育の中でも、手っ取り早く就職の出来てしまう塾講師という職業を選ぶことにしたのである。

だが、確かに教育には関心があったものの――私は、学生時代から教職課程を取ったりして、それから自分なりに勉強をしながら塾講師や家庭教師を（アルバイトという感覚ではなく、自分のやりたいこととして）していたのだが――やはり、病気のためもあって働ける状態ではなかったのか、長続きはせずに二ヵ月にも満たないうちに止めてしまったのである。

そして、約半年程、浪人生活――何のための浪人だったのか、未だに定かではないのだが――をして過ごすことになったのである。

しかしながら、それ以後にはある意味では開き直りの気持ちもあったのか、不思議なことに焦りの気持ちは生じなくなっていったのである。

自分には、養生という時間を設けることが必要なのであり、今は、その時が来るまで何もしないでいることが肝要なのであり、そして、又、職に就く、ということは、そんな軽い気持ちで臨むべきものではなくて、それから、社会人となるということは、それなりの自覚と責任感がなければならないのであり、今の自分には、そのどちらかでさえも持っていないのであり、それに、長い人生、まだまだこれから何とでもなるというような、言わば、根拠のない自信のようなものでさえ出てきて、それは、落ち着きと漠然としたものではあるが、安心感とでも称せば良いのだろうか、兎に角、そういうものが、私には、芽生えてきたからであり、それに加えて、健康という大切なものを、まず、取り戻さなければならないという思いが非常に強いものとなり、そして、又、その重要性を身を以て、確かに、知ることになったのである。

それからというもの、私は、浜辺を散歩しながら海を眺めていたり——私は、浜辺まで徒歩五分位のところに住んでいる——ゴロゴロと、一日中、寝転んでいたり、気が向けば、読書をするようになり、又、学生時代の頃、そうであったように、知らず知らずのうちに気が付けば文章を書いていたりするような生活をするようになったのである。

これは、今にして思えば、極楽である。

それは、あたかも、隠遁であるかのようであった。

そして、私は、本当の幸せというものがどんなものであるのかというようなことを頻繁《ひんぱん》に考えるようになったのである。

無論、そのことを考えたりすることは、私にとっては、全くの初めての経験ということではなかったのだが、今にしてその当時のことを振り返ってみれば、貴重な経験——大抵の、特に健康に恵まれている人には、その程度の年頃で、ここまで真剣に、又、ここまで切実に、且つ、このような形では味わうことの出来ないような体験——をさせてもらったのだと私には思われるのである。

しかし、こんな言葉もあって、それは「自分は今幸福かと自分の胸に問うてみれば、とたんに幸福ではなくなってしまう」というようなものなのであるが、私に関して言えば、それには当てはまらなかった——別の機会にはこの頃とは違ってこれに当てはまってしまうような経験も、私には、（そして、恐らく、多くの人達にも）あるのだが——のであり、何故なら、私は、今の自分が幸せであろうと感じながらにして、そのことを斟酌《しんしゃく》していたのだと思えるからなのである。

又、この経験自体が、幸せを感じることが出来たの同時に、肥やしともなって、生きていけるということに対して嬉しさが湧かない訳はないのである。

何と素晴らしいことではないか！

だが、こんな思いが出来る生活もそう長くは続ける訳にはいかなくなる。

それは、当たり前のことである。

普通、このような生活は、なにがしかの働きによって、自ら、手にすべきものであってして、私のようにたまたま病気をしたからといっていつまでも満喫していられるようなものではない。

要するに、私は、段々と回復し出して来たのであり、それに連れて、私の母が口うるさくなってきたのである、働け働け、と。

「やっぱり、働いてなきゃ駄目。ただウチにいたってどうしょもないだろ。働けばもっと元気になっていくし、お母さんだって働いてなければただ家にいたって暇で仕様がないよ。それに働けば友達だって新しくどんどん出来てくるし、お前だって何時までも病気のままでいられる訳じゃないんだし、お医者さんだって言っていただろ、人に接していなければ駄目だって」

でも、私は、たまたま病気になってしまったから、ということにより、ある意味では、幸運に恵まれた訳なのであり、そして、それによって与えられた、当時の生活から離れたくはなくなってしまった。要するに、私は、単なる怠け者になってしまったのであった。母の言葉を耳にする度に、何をくどくど言うのだろう、えぃ、面倒臭いなどと感じるようになり、と言っても、この場合、明らかに非は私の方にあるのであり、ただ、それでも、私は、その度ごとに、何かと理由をつけては、時間を延ばし延ばしにしながら、なるべく長くこのような生活を続けていたいと思うようになってしまっていて、そのような汚い性根がこびりついてしまうようになっていたのである。

夏目漱石は、『我輩は猫である』の中で「主人は好んで病気をして喜んでいるけれど、死ぬのは大きらいである。死なない程度において病気という一種のぜいたくがしていたいのである」などと皮肉っているが、実際、私の場合は、笑いごとでは済まされないものがあったのであり、今にして思えば、誰かれにという訳ではないけれども、兎に角、お詫び申し上げなければいけないという気持ちで一杯となり、又、世間様に対して、そして、何より、一言でも、申し訳ない、と私の母に言わなければならないのだが、今の私も随分といい加減で適当なところがあるので、このことは、未だに言わず仕舞でいることを、実は、内心、心苦しく思っているのだが、それでいて、一向に、改心しなければならない、と本気では思っていないところが、私の悪い癖なのである。

こればかりは、使い古された言葉ではあるが、結局、死ぬまで直らないのかもしれない。ただ、私は、自分のエゴイズムをどうにも仕様のないものだとも、又、何とかしてでも直さねばならぬとも思うのだが、私は、道楽者であるばかりなのかもしれない。私がしていたことは、ある種の風流であり、知的好奇心を満足させるためのものでもあり、思索と言えば聞こえは良いかもしれないが、それにしたところで、自分なりに自ら考えるということをしていたのであり、そんな私に言い分けしてくれるのは、ラッセルの言葉にあって、それは、「余暇を知的につぶすことができることは、文明の最後の産物である」ということであり、私の場合、問題となるのは、それが自ら作ったものではなくて、たまたま与えられた余暇であったということではないかと感じられるのである。

そして、私は、誰にも文句を言わせないような、自分で生み出す余暇というものに、兎に角、早く、ありつきたいと思っているのである。

それに、人が幸福にありつくには、誰にでも、芸術を楽しむ心が必要だと思えるのである。

この場合、何も芸術と言ったからといって、大袈裟に考えるべきことではなく、自分の考えなり心情なり人生の在り方なりを語らったり、気が向いた時に、日記を付けてみたり、あとは、ぼんやりと心の向きのたゆたうままに過ごしてみたり、鑑賞しながら感傷にふけるなり、人それぞれ色々な時間の楽しみ方があるだろうし、又、内なるものに、ちょっとした刺激でくすぐられるようなことは、それで、癒されたり、和まされたり、落ち着きを与えてくれたり、心の中に憩いの場を授けてくれる、それが芸術を楽しむ心ではなかろうか？

私に関して言えば、あらかじめ遠回りでもしながら、わざわざ寄り道でもして道草でも眺めてみようか、という思いがあるのである。

そして、私は、芸術というものは日常生活の中に垣間見ることの出来るものなのであり、そんな生活の一コマ一コマに溢れているようなものだとも思えるのである。

だから、一部の人達だけが満足を覚えるためだけのものなどとは決して思いはしないのである。

そして、芸術というものは人間にある非常に重要な何かが所有するところの、人間を満足させ、興奮させ、狂気させ、成長させ、幸福に導き、至らしめるものなのであると私は思う。又、漱石の言葉になるが、草枕、には「あらゆる芸術の士は人の世を長閑にし、人の心を豊かにするが故に尊い」とあるのである。

ただ、我々は単に人間であるばかりでなく、同時に、歴とした、ホモ・サピエンスという霊長類ヒト科の動物でもある訳で、そして、我々はその動物という形態に住み着いた寄生虫のようなものでもあり、このような表現は昔どこかの偉い人もしていたような気もするが、その点に関して言えば、先述したショウペンハウエルの言葉を大切にしたいのだが、それで、動物という貝殻の中の宿借りの中味のような借家人で、同居人で、厄介者で――どっちが厄介者だ――居候の寄居人でもあり、社会の構成メンバーなのでもあり、我々は人間で居るばかりでは消滅してしまうのであり、つまり、芸術以外のややこしく、だた面倒なだけのことを欠くべからずして、日々、繰り返さなくてはならなくなるのであり、これは、我々一人一人が生きていく上での義務に相当するとも考えられるのである。

そして、それは、わずらわしいものでもあり、これに煩わしいを加味すると条理の中の不条理を考えなければならなくなってしまうのである。

しかし、私は、ものごとを突き詰めていくことを旨とすることにより、自ら考えることに没頭して、それなりの満足にも至り、芸術が誰にとっても不可欠要素、憩いの場であるばかりでなく、私は、心底、あらゆる意味で芸術こそが人間を救うものだと信じていた時分もあった。そして、他人にとっては紙屑同然なのかもしれないが、私なりに自ら考えることによる満足は自分自身にとってこそ意味あるものなのであり、というよりも、経験的には、そちらの方がより多く、むしろ、それで当たり前なものでもあり、又、そうであるからこそ意味あるものなのであり、我思う故に我あり、彼は彼思うに故にあるものなり、という自分なりの結論らしきものに爽快を覚えたのである。

　そもそも道草とはそういうものなのかもしれない。ただ、このように無駄とも見做しがちになってしまっているそれ自体が本当には積み重ねになっているのであり、それが布石ともなって、又、いい味になっているように私には思えてならないのである。

〈著者紹介〉

栗山　幸雄（くりやま　ゆきお）
1968年4月11日生まれ
1987年　神奈川県立横須賀高校卒業
1992年　立教大学社会学部卒業
塾講師やホームページ作家として活躍し、現在に至る。
神奈川県三浦市在住。

80年代の郷愁
R大学物語
バブルの華盛りし御時《おんとき》

定価（本体1200円＋税）

乱丁・落丁はお取り替えします。

2017年 9月19日初版第1刷印刷
2017年10月11日初版第1刷発行
著　者　栗山幸雄
発行者　百瀬精一
発行所　鳥影社 (choeisha.com)
〒160-0023 東京都新宿区西新宿3-5-12トーカン新宿7F
電話 03(5948)6470, FAX 03(5948)6471
〒392-0012 長野県諏訪市四賀229-1(本社・編集室)
電話 0266(53)2903, FAX 0266(58)6771
印刷・製本　シナノ印刷

ISBN978-4-86265-637-7 C0093